小説
夜のクラゲは泳げない
JELLYFISH CAN'T SWIM IN THE NIGHT
1
屋久ユウキ
イラスト popman3580
原作 JELEE

contents

Design : caiko monma + yui tadokoro (musicagographics)

高《たか》梨《なし》・キム・アヌーク・めい

音大附属高校に通うお嬢様。
コンクールで数々の賞を貰っている逸材。
橘《たちばな》ののかの熱烈なファンの一人として、
最後まで追っかけ活動を続けていた。

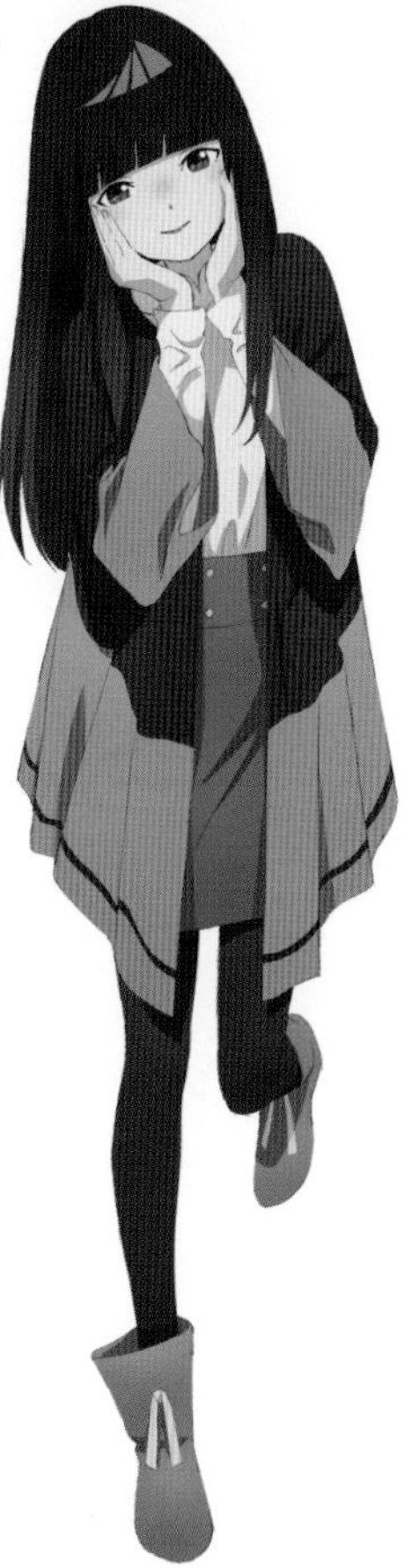

山《やま》ノ《の》内《うち》花《か》音《の》

やりたいことに一直線な元アイドル。
「サンフラワードールズ」のセンター
「橘《たちばな》ののか」として活動していたが、
ある炎上をきっかけに卒業。
本当にやりたいことをするために、その道を模索し始める。

Jellyfish

the night

character

渡《わた》瀬《せ》キウイ

VTuber「竜ヶ崎《りゅうがさき》ノクス」として活動する、まひるの幼馴染。

まひるが過去を気にせず語り合える唯一の存在で、大切な友人である彼女のためなら協力は惜しまない。

can't swim in

光月《こうづき》まひる

ことなかれ主義の量産型女子高生。

幼少期はイラストレーター「海月《うみつき》ヨル」として活動していたが、とある出来事から活動を休止。

花音《かの》との出会いにより、彼女の日常はまた特別へと向かっていく。

小説

夜のクラゲは泳げない

JELLYFISH CAN'T SWIM IN THE NIGHT

1

光月《こうづき》まひる
ことなかれ主義の量産型女子高生。
イラストレーター「海月ヨル」として活動していた過去を持つ。

山《やま》ノ《の》内《うち》花《か》音《の》
やりたいことに一直線な元アイドル。
「橘ののか」として「サンフラワードールズ」のセンターを務めていた。

高梨《たかなし》・キム・アヌーク・めい
音大附属高校に通うお嬢様。「橘ののか」の熱烈なファン。

渡《わた》瀬《せ》キウイ
まひるの幼馴染。
VTuber「竜ヶ崎ノクス」として活動している。

瀬《せ》藤《とう》メロ
活動を再開した「サンフラワードールズ」の現センター。

光月《こうづき》佳《か》歩《ほ》
まひるの妹。
小五にしてはマセた感性の持ち主。

山《やま》ノ《の》内《うち》美《み》音《おん》
花音の姉。
ホス狂の酒カスだが、妹想いの良き理解者。

本文挿絵／谷口淳一郎

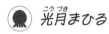

0

夜の街を歩くのが好きだ。

知っている人がいない街をクラゲみたいにふわふわと漂っていると、いつもと違う、誰の目も気にしない私でいられるような気がして。カラフルなネオンのなかを歩いているだけで、なんだか自分まで、輝いた存在になれたような気がして。

秋の温度に変わった十月の渋谷《しぶや》はいつもよりも透明で、たんた、らんた、と無意味にステップを踏んで歩く私の足音が、冷えたコンクリートに澄んで響く。どうやら今日の私はまあまあご機嫌みたいで、ぽーんと飛び出すみたいに縁石を飛び越えると、いつもは登らない道玄坂《どうげんざか》を登りはじめた。

夜の十時。たぶんこの法治国家日本、十六歳の女子高生が歩くにはそろそろ遅すぎる時間になってきたけれど、こうして自分じゃない自分になる時間が、私には必要だった。

回遊魚みたいに忙《せわ》しなく進む人の波が、私のことなんて存在しないみたいに横を素通りしていくのが心地いい。年齢も性別も、好きな色も初恋の人の名前も触られたらくすぐったいところまでなにもかも違うのに、一人一人がおんなじ水の粒子みたいに流れを作っているのが、なんだかちょっとかわいく見えた。ほら、あそこで眉間《みけん》にしわを寄せて歩いてる、頭に剃《そ》り込みを入れたイカついおじさんも、今度はほら、向こうで青いトラックジャケットを着て自信満々に歩いてる、令和ですね〜って感じの金髪少女も、交ざってしまえば水の流れとおんなじだ。流れに乗るように、私は人の海を漂っていた。

コテでふんわりと内巻きにした毛先を、夜風が揺らす。世界に馴染《なじ》むために選ばれた無難なデザインのスカートの裾《すそ》が、くらりと舞った。私はあなたの世界を害しませんよ、だからあなたも私を刺さないでくださいね。徹底受け身な主張に満ちた消極的なファッションこそが、私の戦闘服なのだ。

『――クラゲという生き物は、自分で泳ぐことができません』

小学四年生のとき、水族館で聞いた飼育員さんの説明を、私はときどき思い出す。

『自分の意志もなく、水に流されて漂ってるだけなんですね』

直感的に。

私ってクラゲに似てるなあと思った。

『太陽が届かない海の底では、光を反射することもできない、儚《はかな》い生き物なんです』

自分で泳げなくて、流されてばっかりで。

特別になってキラキラ輝くなんて、もってのほかで。

だけどなんだか憎めないと思ったのは、漂う私がクラゲに似ていると思ったからで。

『ですが、クラゲという生き物は、とてもすごい特徴を持っているんです。それは――っ！』

そして――私がクラゲに似ているといいな。

そんなことを思えた、きっかけでもあったのだ。

1　夜のクラゲ

私史上、最悪の寝起きだった。

「ではSJKのお姉ちゃんの寝起きまで、3、2——って、あれ？」

目を開けると飛び込んでくる、スマートフォンのレンズ。すぐ隣には、しめしめとほくそ笑む佳歩《かほ》の姿が見えた。寝ぼけ眼のぼやけた頭でもわかるくらいにベッタベタなドッキリを企《たくら》んでいる、私、光月《こうづき》まひるの愚かな妹である。

「あ、起こしちゃった」

「起こすつもりだったろうが」

ぱし、と額にチョップしてやると、未《いま》だに私に向けられたままのスマホを素早く奪う。

「ちょ、ちょっと！」

「こんなの撮ってどうするの」

「そりゃあ決まってるじゃん！」

佳歩《かほ》はなぜかご機嫌に歌うように、私に語りかける。

「リアルJKの寝顔が、世界で一番需要あるんだよ？　これはバズる♪」

「小学五年生がバズるとか言わない」

だめだ、この子はろくな大人にならない、どうしてこうなった。身を起こし、奪ったスマホの画面を確認すると、そこにはTikTokの編集画面だ。見事に口を半開きにして油断しまくった私の寝顔が、からかうようにループ再生されていた。ちょっと待って、私ってこんな顔で寝てるの。

「これを世に出すわけにはいかん……」

急いで画面下にあるバツ印をタップして、間抜けな私の寝顔を永久に世界から葬り去った。できればデータだけじゃなくて私のこの記憶も脳から削除してほしい。あんな顔で寝てたなんて、これから胸を張って寝れなくなりそうだ。

「な、なんてことするの！」

「ただのJKなんてTikTokに腐るほどいるから。しかもスッピン。需要ナシ」

「ひどいよ！　器物損壊！　不正アクセス禁止罪！」

「その前に盗撮だね？」

「パワハラーっ！」

「どこがだ」

思いつく限りの不法行為を適当に並べ立てる佳歩にため息をつきながら、私はベッドから足を降ろす。

「そんなことより早く学校行く準備しなさい」

「わかってないなあ。いまの時代はね？　勉強するよりバズったほうがお金になるんだよ？　目指せ、インフルエンサーっ！」

「終わりだ……」

うちの妹が終わってしまった。小学五年生がインフルエンサーだのオンラインサロンだのマインドセットだの言い出したら終わりと相場は決まっている。

「佳歩……SNSに醤油《しょうゆ》差しを舐《な》める動画とかアップしないでね……」

「なにそれ、しないよ！」

どうだか。思いながら私が立ち上がると、佳歩の視線が私の足下に向いているのがわかった。

「……お姉ちゃん、意外と子供っぽいところあるよね」

「え？」

視線の先には——ああ、なるほど。

きっと私が穿《は》いた靴下のことを言っている。

「……別にいいでしょ。人に見えないところなんだから」

海を模したような水色の生地に、ゆるくてギリギリかわいいと言えるデザインのクラゲがいくつもあしらわれている私の靴下。そのギリギリなかわいさが私好みなんだけど、これに同意してくれる人はいままで見たことがない。なにそれ、子供っぽいね、そんなのが好きなの？　うるさいうるさい、だから私はそのスマホケースとかを使うのはあきらめて、人の目に見えない靴下に、好きって気持ちを隠している。

「好きだよねえ、クラゲ。服もメイクもいつも無難に大人って感じなのに」

「小五が大人を語るな」

「だって……ねえ」

佳歩《かほ》の視線が私の部屋をまんべんなく舐《な》める。

ベッドに散らばった服やクローゼットのなかは白白、黒黒黒、紺、オリーブオリーブ、茶。モノクロかアースカラーなんていう、ファッション初心者はまずこれを買え五選！ってな感じでYouTubeのサムネになってそうな無難カラーに溢《あふ》れていて、あまりに語るに落ちていた。

「……この服もリップも、フォロワー三〇万人のゆこちがインスタで紹介してたの。かわいいに決まってるじゃん」

悪くなった形勢を逆転するため、現代の虎《とら》の威を借りながらドヤ顔でマウントを取る。ありがとうゆこち、フォロワーが多くて助かっています。

佳歩はどうしてか、私よりもっとドヤ顔で人差し指を左右に振った。

「ちっちっち〜、それはね？」

そのまま右の手のひらを電灯にかざすと、ミュージカル役者のようにくるりと回って、私の顔の中心をすぱっと指す。

「色白で顔がちっちゃくて、鼻筋がクレオパトラの人がつけるからサマになるんだよ?」

「う……クレオパトラ」

ぐさっと刺さった。ベッドの横の姿見を見ながら鼻筋に触れると、私の鼻筋はまあなんというかザ・普通って感じで、少なくとも世界三大美女って風格ではなかった。忘れ鼻が美人の条件って美容垢《アカ》でよく言われてるから大丈夫大丈夫、といつも自分に言い聞かせてるけど、心のどこかにはクレオパトラみたいな歴史に残るくらいに圧倒的な存在に憧《あこが》れる気持ちがあって、そんなところがまた普通なんだよな、と思う。

「そういうのを、普通の人が真似したら……」

「真似したら、なに」

佳歩はこっちにぐぐっと顔を近づけて、私の普通で丸くて記憶に残らない鼻の頭を、ぷにっと触ってみせた。

「――量産型♡」

量産型、か。

たしかに、言い得て妙かもしれない。

自覚はあるだけに、返す言葉がなかった。

「……いたっ⁉」

なのでで返す言葉の代わりに、もう一発チョップをしておくことにした。姉は強いのだ。

＊＊＊

大宮《おおみや》学園高校の教室。放課後のだらだらトークは女子高生の生態で、何気ない意見に「わかる！」「私も！」って共感を表明しあうことで、私たちは味方だよねってことを暗に約束しあう重要な儀式だ。仲を深めるとか暇を潰《つぶ》すとかそういう目的もあるけれど、それ以上にこの過酷な現実で生きていくための陣取り戦略がここにある。

「ええーっ⁉　せっかくのハロウィンだよ⁉　仮装しようよ仮装！」

「えー？」

チエピの言葉に、エミが首を傾《かし》げた。うちのグループの中心人物で、めんどくさがりのエミ。だからなのか、数週間後に迫ったハロウィンへのモチベーションには珍しく、私たちのなかで温度差があるみたいだった。

「まあ、行くのはいいけど、そんなガチで仮装しなくてよくない？」

「だよねー。まあ、制服になんかつけるくらいで」

いつもクールで大人なサオリもそれに頷《うなず》きながら、この中で一回り背の小さいチエピのほっぺをむにむにと触っている。エミ、サオリ、チエピ、私の四人で形成されているこのグループのなかで、チエピだけがちょっと違う。私たち三人は普通の群れに紛れようとして、上手《うま》く毎日をやり過ごそうとしているけれど、チエピは周りとは違う私、みたいなものを見つけようとしている。

「そうだけど、私は自分は何者かになったって証《あかし》を残してから死んでいきたいの！」

幼い声で言うチエピの言葉には、なんだか私にも響くものがあって。

「あ、それはちょっとわかるかも」

恐る恐る、けど恐る恐るであることがバレないように声色を作りながら、私はチエピに賛同してみた。

「や、気が早い気が早い」

「そ、そう？」

ぽきっ。

サオリがさらっと言った否定の言葉によって、私の何者かへの憧《あこが》れは簡単に折れてしまった。へにゃへにゃーって笑って、へりくだるみたいに身を引いてしまう。これが現実、私を貫くっていうのはそのくらい大変なことなのである。

「そんなことないって！　迫り来る受験！　残された時間は少ないんだよ!?　新しい自分に変身しなくては！」

チエピは無邪気に、楽しそうに語る。背も低くて声も幼くて、だからなんとなくこんな青臭いことを語っても画になっていて、こんな小さなことにだって、向き不向きってものがあるのだ。

「あ、それなら大丈夫だよ。ね？　まひる」

「ん？　ああ、これ？」

空気を読むのが得意な私は、エミが言っているのが、いま私がスマホでやっていた作業のことを指してるんだってすぐに察した。

「はい」

「ほら、自分以外にかわいく変身っ！」

私が差し出したスマホの画面を、エミが茶目っ気たっぷりに言いながら指す。そこには過剰に加工された私たち四人の写真があった。それを見たサオリが、からかうように言う。

「お～。さすがはイラストレーターのまひる先生」

イラストレーター。

まひる先生。

たぶんじゃれあうような感覚で、ちょっとした意地悪のつもりで放たれたであろうその言葉は、けれど私のなかのちくちくした思い出を呼び覚ましてしまって。

私はその言葉に含まれた嘲《あざけ》るようなニュアンスにしっかりと傷つきながらも、鈍感なふりをした。

「……こら、先生じゃないっ」

作るつもりがなくても勝手にへらへら装着される私の笑顔は、空気を壊さないためにはこれ以上ないくらいに有効だ。

「イラストとか、何年も前にやめたって」

ツッコミみたいな言い方で、なんなら笑いすら誘うトーンで。けど少しずつ私がすり減っているような感覚はあるから、実は回数制限のある技なのかもしれない。

私の迷いなどはつゆ知らず、エミはチエピにドヤ顔を向けた。

「わかったでしょチエピ？　華の女子高生は、目の前のことをやるので精一杯なの。てかそれで十分」

高校二年生はたぶん大人が思っているよりもよっぽど大人で、こんなふうに目の前のことを着々とこなすのが効率よく幸せになる方法だと知っている。

つまり。

それこそが——普通、なのだ。

「だよね、まひる！」

向けられた言葉の先は、私が同意することをゆるやかに強制していた。

「……うん」

キラキラしたものに憧《あこが》れの思いがあることも、本当は特別ななにかになりたいと思っている気持ちも、ぜんぶをクラゲみたいにふわふわと押し流して。

私はそのまま、私が嫌いな言葉を言ってしまう。

きっとこれは、私の口癖だ。

「――ほんとそれ！」

＊＊＊

意志がふにゃふにゃなクラゲ人間こと光月《こうづき》まひるは、またもやここに戻ってきてしまった。

「そうなんだよ～、まひる先生とか言ってきてさあ」

歩きなれた渋谷《しぶや》の街、駅前のハチ公に体重を預けながら、けれど今度は一人ではなくて。

『で、納得いってない、と』

私の耳に電話越しで、幼馴染《おさななじみ》のキウイちゃんの声が届く。

「まあ、だからいま愚痴ってるわけで……」

『だいぶ面倒くさいけど大丈夫そ？』

「もう、相変わらずハッキリ言うね？」

たじたじになりながらも、決して嫌な気分ではない、むしろ気持ちいい。幼稚園からの幼馴染であるキウイちゃんは、私のかっこ悪いところをズバッと指摘してくれる、かっこいい女の子だ。

『まあなっ。そこが竜ヶ崎《りゅうがさき》ノクスさま人気の秘訣《ひけつ》だから』

「……だね、さすがキウイちゃん」

さらっとすれ違った呼び名。個人勢VTuberとしても活躍しているキウイちゃんは、二つの名前を持っている。

東京の進学校・立北《たてきた》高校生徒会長の人気者、渡瀬《わたせ》キウイ。世界最強のスーパーヒーロー系VTuber、竜ヶ崎ノクス。どちらの顔でも人気者なのがさすが私のキウイちゃんって感じで、昔から変わらないカリスマ性がそこにあった。Discordの名前欄には『竜ヶ崎ノクス』と書いてある。

「……でもさ。私もその子と似たようなこと考えてて」

『似たようなこと?』

「別にただ派手な仮装がしたいってわけじゃないよ?　けどなにかを変えたいっていうか、自分じゃない何者かになりたいっていうか、そういうのはわかって」

『なら、そう言えばいいじゃん』

「言えないから困ってるの!」

歯に衣着《きぬき》せぬ物言いが、私の代わりに世界に演説してくれているみたいで心地いい。私のダメなところを知りながらも受け入れてくれているような距離感は、キウイちゃんの懐の広さを感じさせてくれるし、なによりそんなキウイちゃんが私に時間を使ってくれているという事実が、私のことを肯定してくれた。

『……昔からまひるは変わらないなぁ』

帰宅しようと駅へ向かう疲れた会社員と、駅から街へ繰り出す若者がすれ違う。目的地のない私はそのどちらでもなく、体重を預けていたハチ公くん、もしくはハチ公ちゃんとお別れして、ふわふわと歩き出した。

「このままだといつの間にか時間がすぎてって、何者にもなれないまんま、大人になっちゃってさ――」

『うん？』

「ＯＬになった私は、同じ部署の社員たちみんなの飲み物の好みとかを記憶して、とっても素敵なお茶くみ係になったりするわけです。それで――」

『な、なんか始まった……』

私のなかでめちゃくちゃ鮮明なビジョンが浮かぶ。ＯＬまひるがコーヒーを三つ運んでいて、部長はミルクと砂糖濃いめ、課長の水川《みずかわ》さんは無糖ブラック、部下の新庄《しんじょう》くんはコーヒー苦手だから緑茶でしたよね～って感じで、みんなが欲しいものを的確にお出しする。

「それで言われるわけ。光月《こうづき》くんは気が利くねえ、って」

『お、おう、そうか』

「けど……」

ＯＬまひるは家に帰るとぐったりと疲れ果てている。靴も脱がないで散らかった部屋の玄関で倒れて、一人で缶チューハイをあけるのだ。

「くぅ～！　酒は命の水！　……って、なるわけです。世知辛いなぁ」

『やけに具体的すぎて草』

「そうはなりたくないじゃん!?」

電話越しにくすくす笑い合うと、キウイちゃんが話を仕切り直すみたいに、

『じゃあ……まひるは、何になりたいんだよ？』

「それは……特にないけど」

『いやないのかよっ』

さすがは人気配信者って感じのツッコミのテンポが、私のちょっとした発言を笑いっぽく変えてくれる。Discordのラグがあるのにこのスピードってことは、対面で喋《しゃべ》ってたらさぞかし気持ちいいのだろう。……もう二年くらい、会えてないけど。

「強いて言うなら……なりたい物とか好きな物がある人になりたいー、みたいな？」

『ややこしいな？　私は配信に歌の収録に、動画編集。やりたいことでいっぱいなんだけどなあ』

さらっといくつも自分のやりたいことが出てくるのが、キウイちゃんのすごいところだ。自分の欲望に素直っていうか、そういう真っ直《まっす》ぐなところに私は憧《あこが》れている。

「そりゃキウイちゃんは特別だもん。私みたいな普通の女子高生はさ。選ぶより選ばれるだけで精一杯なんだよ」

『選ばれるだけ……ねえ』

言葉を繰り返したキウイちゃん。

きっと私と同じ、過去のことを思い出しているんだと思う。


六年前。私が小学五年生で、キウイちゃんのお家でやっている絵画教室に通っていたある日のこと。

絵画教室の先生でもあるキウイちゃんのお母さんが、みんなの前で重大発表をしていた。

「渋谷《しぶや》の落書き防止アートの件ですが……」

なにもないトンネルの壁には落書きをされてしまうけれど、もともと絵が描いてあれば落書きはされにくい。そんな渋谷区の主催する企画に協力することになった絵画教室の生徒たちは、色めき立っていた。それぞれが原案を提出して、その中で選ばれた一つが渋谷駅のトンネル近くの壁に描かれる。渋谷の一等地の壁を、自分の描いた絵が埋め尽くすかもしれない。

みんなそわそわしていて、祈ってる人までいて。

「今回は——光月《こうづき》さんのイラストを元に制作していこうと思います！」

「えっ!?　私でいいんですか!?」

嬉《うれ》しかったし、信じられなかった。

「へーまひる、やるじゃん」

隣に座っていたキウイちゃんが私を肘《ひじ》で小突いて、私は憧れの存在に認められたみたいな気持ちになって。

ふわふわと幸せな浮遊感のなかにいたことを、いまだに覚えている。


——けれどいま。私の目の前。

私の絵をモデルにして、みんなで描いた渋谷の壁画は、落書きで覆い尽くされていた。

視線を左下に下ろすと、メタルプレートに『渡瀬《わたせ》絵画教室 寄贈』『原案・光月まひる』の文字が書かれている。『光月まひる』の文字は上からガリガリと石みたいなもので削られていて、たぶん元を知っている人じゃないとそれを読むことはできない。

まるで、私が描いたことを否定するようなその傷。

酷《ひど》い話だ、と思うかもしれないけれど——

それをやったのは、私なのだ。


壁画が完成してから数週間後。

私が小学校のクラスメイト二人と初めての渋谷《しぶや》にやってきたときのこと。

三人でたくさんの買い物袋を持って、ルンルン気分で都会の街を歩いていて。私は洋服や雑貨の袋だけじゃなく画材の袋も持っていて、好きなもので両手が一杯だった。

「オシャレな人もお店もいっぱいだったね！　なんか大人になった気分！」

クラスメイトの一人の言葉に「だよね！」と言葉を返しながら、私はご機嫌に歩いている。

「あ……」

トンネルの前を通りかかる。そこにあったのは、クラゲの壁画だ。

「見て、これね――」

と、私がそれを自慢しようと思ったときだった。

「ん～、なにこれ？　変なクラゲだね」

「え……」

さらりと放たれた言葉にきっと、悪意はなかった。私が描いたものとすら知らないのだから。

けど、だからこそ本音だとわかってしまって。

「ほんとだー。よーっし、私たちが大人になった記念！　まひる、それ貸して！」

「え？」

もう一人もそれに同調して、いや、それどころか私が買った袋から画材を取り出して、壁画に日付を描きはじめた。

「あはは、怒られるよー？」

「いいじゃん、もともと変な落書きなんだから！　ね！　まひる！」

二人にじっと見られる。

本当は、この絵は変な絵なんかじゃないって、大きい声で言いたかった。

私が大好きな私の絵なんだって、二人を怒ってやりたかった。

けど。

私の口から零《こぼ》れ出たのは。

やっぱり、私が嫌いな私の口癖だった。


「うん。――ほんとそれ」

胸が痛い、口角が引きつる。けれど私はなによりも、知られてしまうことを恐れていた。

いつもは絵筆を握って描いている右手で、私の名前が書いてあるプレートを隠して。

私のものだとバレないように、作り笑顔を浮かべて、冷や汗をかきながら。

きっと私はこのとき、描くことをやめてしまったのだ。

「変な絵だね、これ」

『……絵、もう描かないのか？』

キウイちゃんの声が電話越しに意識に割り込んできて、私は現実に戻る。

こうして思い出した過去をきっと、キウイちゃんは知らない。プレートの傷はきっと、誰かのいたずらだと思っているだろう。

「絵……か」

正直、描きたい気持ちがないといったら嘘《うそ》になる。けれど。

「描く理由がないっていうか、……なんのために描くのか、わからないし」

『それは自分のためでも、なんでもいいんだって』

目の前の壁画。削られた私の名前を、指でなぞった。

それは、私の敗北の印だ。

「私は、一人じゃなにもできないんだよ」

『そうとは限らないだろ……』

「……クラゲってさ、泳げないでしょ？　そんなクラゲがさ、まったく水流がない水槽に入ると、どうなるか知ってる？」

『……いや』

幼少期。私は海洋生物の本でそのクラゲの生態を知ったとき、なんだかとても悲しい気持ちになった。

「泳げないから底まで沈んでいって、けど、それじゃあ生きていけないからがんばってちょっとだけ泳いで浮いて。けど、上まで泳ぐ体力がないから、また沈んで。……それをずーっと繰り返して、ね」

『……』

「衰弱して、死んじゃうんだ」

＊＊＊

ふらりと渋谷《しぶや》を巡って、私はディスカウントストアの前にやってきた。

「……あ」

するとそこには私がいまこっそり穿《は》いているクラゲの靴下と同じものが売られていて、なんか売れ残っているとかなんとかで六割引になっている。もともと安いのにこんなのほとんど赤字じゃないだろうか。こんなに投げ売りされるほど、人気ないんだな。

なんだかかわいそうで、なんだかため息が出た。

「……私は味方だぞ」

私は私に似ているそれを手に取ると、レジに持っていった。

数分後。ディスカウントストアのビニール袋を持ったまま宮下《みやした》パークのエスカレーターを降りていると、さっきも通った壁画が見えてきた。私はもう一度立ち寄るつもりはなかったんだけど、なにやらさっきと様子が違った。オレンジ色の服を着たボブヘアの女の子が、数人のファンに囲まれて私の壁画の前で歌を歌っている。

「みんなありがとー☆　チャンネル登録よろしくー！」

……路上ライブ？

疑問を持ちながらエスカレーターを降りて近づくと、それを見て、ぞっとしてしまった。ただでさえ落書きだらけになってしまっていた私の絵の上に、歌っている女の子の顔と『チャンネル登録よろしく！』という文字がでかでかと印刷されたポスターが、ずらりと何枚も貼られている。ピンクのデコられた文字で『みー子（17）』と書かれていて、あれがあの子の名前と年齢なのだろう。中央には一際《ひときわ》大きなポスターが鎮座していて、汚く剝《は》がされたガムテープの粘着剤が、きっと私の絵にまた消えない傷を残す。

息を吸う。

全部を、ぶちまけたかった。

「――やめてっ！　これ以上私の絵を、汚さないで!!」


……なんて言えたら、どれだけ楽だっただろう。

だけど私はそんなことを叫ぶような熱血少女ってガラじゃないし、むしろどっちかって言うと冷めてるタイプだと思う。吸った息は空想の大声を出す心の準備に使われただけで、すっと肺から追い出されてそのまま渋谷《しぶや》の街に溶けた。

それに、もし言う度胸があったのだとしても。

自分の絵を変な絵だと言って。

ほんとそれ、ってみんなに合わせて笑った。

私に文句を言う権利なんて、あるはずないのだ。


「――おい！」

強くて真《ま》っ直《す》ぐで、自分を主張するような女の子の声が、人混みの間を通り抜けた。

「私の好きな絵を汚してんじゃねえっ！」


たしかに聞こえた、今度は現実の声。

私も歌っていたアイドルもその観客たちも、一斉に声のほうを向く。そこにはニット帽に白いマスク、青いトラックジャケットを着た、令和って感じの金髪少女が立っていた。アイドルはその金髪少女のことを、おろおろとした様子で見る。

「な、なに、いまライブ中……。っていうかこれただの落書きじゃ……」

ざわざわと観客も戸惑う。流れっぱなしになったオケの音源だけが響いているその空間は、なにかが足りない違和感が充満している。普段なら私はその『変な空気』に居心地が悪くなって、目を伏せたりその場を離れたり、とにかく逃げる行動を取っていたと思う。


けれど私はいま、その少女のことだけを見つめていた。


堂々と仁王立ちして、真っ直《ま》ぐ《す》言葉をぶつけて。

まるで自分がしたかったことをそのまま体現してくれているような、私の知らない少女。

「落書きじゃない！　私が好きなクラゲの絵が描いてある！」

言葉に、息を呑《の》んでしまった。

いま、あの女の子はなんて言った？　私が好きな、クラゲの絵？

「って、あれ？　あなたどこかで……」

「っ！」

なにかに気付いたように言うみー子なるアイドルの言葉をきっかけに、どうしてか勢いをなくした少女はバツが悪そうに振り返ると、どこかへ去っていってしまう。

それでも後ろ姿は強さに満ちていて、胸を張って歩く足取りは堂々としている。もし学校にいたら友達になれていないような、きっと私とはぜんぜん違うタイプの人間。

あの女の子が、私の絵を好きだと言ってくれていた張本人なのだ。

「……っ」

心がざわつく。

正体不明の焦りが、私を駆り立てた。

アイドルが歌う媚《こ》びた声も、渋谷《しぶや》の若者たちの雑踏も全部が消えて、その子の足音だけが私の耳に響く。

ここで足を踏み出さなかったら――後悔するような気がした。

自分はなにがしたいのか。なにを言うつもりなのか。

そんなことすら全然わからなかったけれど――

気付いたら地面を蹴《け》って、その子のことを追いかけていた。

＊＊＊

これはほとんどストーカーというやつだろう。

知らない女の子のあとをこっそりとついていって、かれこれ十分《じっぷん》が経とうとしている。声をかけるなら早く声をかけるべきってことはわかってるんだけど、しかし知らない人にいきなり声をかけた経験なんてもちろんない私は、うじうじとあとをつけるだけの時間を過ごしていた。

原動力はなんだろう、きっとあの真《ま》っ直《す》ぐな言葉だ。

自分では変な絵と言っておいて、名前が読めなくなるようにプレートの文字まで消しておいて、クラスメイトには絵なんてやめただなんて、わざわざ反論までしておいて。

それでも私は私の絵が好きだと言われたあのとき、無責任に胸がときめいていた。いや……だからといってそれ、ストーカーする言い訳になるのかな？

「……次の角、次の角を曲がったら」

声をかけよう。意気地のない自分を鼓舞するように小さくつぶやくと、金髪少女は宮下《みやした》パーク近くの路地の角を、タイミングよく曲がった。

「っ」

いまだ。

見失いたくない。きっとこれは私がなにかを変えるための、最後のチャンスな気がする。根拠もなにもない感情と共に、私は奮起して駆け出した。

地面を蹴《け》るたびに、曲がり角が近づいてくる。

けれど。

「あ……」

パッと視界が開けた角の先。

そこには、誰もいなかった。

「……はあ」

やってしまった。

せっかくなにか、自分が前のめりになって行動できるきっかけみたいなものを摑《つか》んだのに、結局のところこうして、チャンス……だったのだろうか、わからないけれどとにかく、そういうものを失ってしまった。

「はあ……帰ろ」

なんだかどっと、心が疲れた。

勝手についていって勝手に見失っただけなんだから、差し引きで言えば最初からなにも変わっていないはずなのに、なにやらすごく損をしたみたいな気持ちになっている。勝手なものだ。

「ていうか、そんなもんそんなもん。そもそも会ってなにを話すつもりで……」

自分を納得させながら、くるりと回って来た道を振り返る。

その瞬間。

至近距離。目と鼻の先と言っていいくらい目の前に、ものすごくしかめっ面をした、いかにもガラの悪そうな少女が仁王立ちしていた。

「――うわぁあああぁぁぁあっ!?」

めちゃくちゃ大きい声を出して、後ろによろける。間抜けなリアクションをしてしまって恥ずかしい。

転びそうになるのをこらえて、私はその子と目を合わせた。

「……って、あれ?」

その子はよく見たら――さっきの、金髪少女だった。ニット帽にマスクをして、そこから覗《のぞ》く目つきだけで明らかに不機嫌なのが伝わってきて。

やっぱりぎろりと私を訝《いぶか》しんでいるけれど――。

胸のときめきが、返ってきていた。

「ねえ、ずっとつけてきてるよね？　ストーカー？　それとも特定厨《ちゅう》の厄介オタク？」

遠慮なく睨《にら》みながら、たたみかけるように疑いをかけてきている。いや、最初によくわからないことをしていたのは私だから仕方ないんだけど、なぜ突然オタクになるのだろうか。

「と、特定……厄介？　えっと違う……！」

言いつつも、完全に否定はできないな、と思った。

「や、たしかにほぼストーカーなのは同意だけど……」

「本人が言うなら確定じゃん。警察」

まずい、おかしな方向に話が進んでしまった。

「ああっそうじゃなくて！」

「じゃあ、なに？」

ぐいっと迫る、金髪少女の顔。

「う……」

私は圧に押されながらも、なんとか体勢を立て直す。

「あの……さっき！　……路上ライブの前で叫んでたよね？」

「叫んだけど、だから？」

ぐいっと、また彼女の顔がそばに寄る。私は一歩二歩と、後ろに追いやられていく。

「あ、あの絵が好きだって……」

「言ったけど、それが？」

さらにぐいっと、顔が寄ってきた。

圧に負けて、後ずさって。壁にどん、と背中がぶつかる。

「う……」

真実を追究する険しい表情を前に、私は意を決していた。

聞かれているんだから仕方ない、みたいに自分に言い訳をしてから、すっと息を吸う。

じゃないと、こんなこと言えっこない。

「いや実は……」


だって本来。

――こんなことを言うのは、恥ずかしいことなのだ。


「あれを描いたの、……私でェ！」

必死に言ったせいで、声が裏返った。恥ずかしさに恥ずかしさが上塗りされていく。金髪少女は相変わらず、私を試すようにじっと見ていた。

「……」

沈黙が気まずい。

「ま、待って、証拠……！」

気まずさを言い訳で埋めるように、私はスマホを取り出してXのアプリを起動した。そしてリアル用のアカウントから切り替えて、もう何年も更新していない、イラストレーター『海月《うみつき》ヨル』のアカウントを表示する。

「こ、これ！　私のアカウント！」

黒歴史だけどね。

墓を暴くような気持ちでメディア欄をスクロールすると、クラゲをモチーフにしたたくさんのイラストが流れてきて、たぶんこの子から見ても壁画に絵柄は近いはずだ。しばらく遡《さかのぼ》ると壁画が自分の絵であることに触れるツイートも出てきて、私はそれをアピールする。いやいまはポストっていうのか。

「ほ、ほらここ！」

金髪少女は黙ったまま、スマホの画面をじっと見ている。

「えーと、こ、これも！」

アリバイを証明するみたいに、Xのアプリの画面を左側から右側にスワイプすると、アカウントにログインしていないと出ない管理メニューが引っ張り出されてくる。これが出てくるということは、私がアカウントの所有者――少なくとも、そこにログインできる人間であることを証明してくれる。

けれど金髪少女はその画面をじっと見つめたまま、表情を変えなかった。

「あー……いや、うんそうだよね、もし本当だとしてもあとをつける理由には――」

得意の軽い言葉をぱらぱらと並べていると、金髪少女はどうしてだろうか、突然キラキラに目を輝かせて、スマホを見せている私の右手を、両手でぎゅっと強く握った。

「――大っっファンです！」

……えーと。

この子はいま、なんて？

＊＊＊

「む、昔から、私の絵を？」

「そう！　あ、私はソイラテのトール、アイスで」

「あ、じゃあ私もそれで……」

「へえ！　気が合うね！」

「えーと、あはは……」

押し切られるがままに二人で宮下《みやした》パークのスターバックスに行くことになった私は、流されるがままに金髪少女と同じものを注文して、話を聞いている。押し切られて流されるふわふわ女子高生である。

「私、中学生のとき初めて渋谷《しぶや》に来たんだけど、そこであの絵に一目惚《ひとめぼ》れして！　最近もたまに来てあの絵の前で――」

ぺらぺらぺらぺら、とこれがオタク語りというものだろうか、いかに私の絵が好きか、どんな気持ちでそれを見ていたかなどを伝えてきて、なんだかさっきまでとは違う意味で恥ずかしい。けど、私が描いた絵がいかに素晴しいのか、なんてことをこんなに楽しそうに伝えられると、なんだかちょっと嬉《うれ》しくなってしまう。はっまずい、これが承認欲求？

「――ってくらい、あの絵が大っ好きで！」

私はちょろいことに、まんざらでもない気分になっていた。

「ふ、ふーん、そうなんだ……」

自分でも顔が熱くなっているのがわかったから、私はふいっと、目を逸《そ》らした。いや、もし赤面でもしていたら目を逸らしても関係ないのかもしれないけど。

「――うん、そうなのっ！」

衒《てら》いない声で自分の好きを堂々と主張する少女は、やっぱり私にはないものを持っている。

まずい、こんなことでもう心を開きそうになっている私は、なんて簡単な女なのだろうか。


二人でドリンクを受け取ると店を出て、私たちは宮下パークのベンチに座る。

ふわっと優しい光でそこらがライトアップされたこの空間はなんだか浮き世離れしていて、こんなふうに初対面の、しかも自分の絵が好きだと言ってくれている少女と二人でソイラテを飲んでいる、なんて非日常にはぴったりなような気がした。

一つ一つの光がこの出会いを運命的に演出しているみたいだな、とか思ったりしてて、私は調子よくヒロインにでもなったつもりだろうか。

「で、さ！」

「ん？」

「そっちは、なんであとをつけてたの？」

「うっ……」

ぐさりと刺さる。そりゃ当然、そこ聞かれますよね。

「その……」

「うん」

言い訳も思いつかないし、考える余裕もない。

だったらもう、本音を言うしかないのかもしれない。

「さっき……私の絵のことをかばってくれてたでしょ？」

だけど、本当の本音を言うのならば、実は自分でもわからないのかもしれなかった。

私はなにがしたいのかすらわからないまま、衝動に突き動かされるがままに、この子の後ろをついていっただけなのだから。

「それで……えーと」

ついていって私は、この女の子と一体どうしたかったのだろう。

友達になりたいわけじゃないだろうし、顔を一目見たかったというわけでもないと思う。

私はしばらく言葉に迷って——そこで初めて、自分のしたかったことに気がついた。

「……とう、って」

自分でも、意外な答えだった。

「え？」

たぶん私は、あのとき自分で変な絵だと言ってしまって、なにも言い返すことができなかった幼い自分を。

救ってもらったような気持ちになっていたのだ。

「……私の絵をかばってくれて、ありがとう……って！　伝えたかったんだと思う！」

顔が熱い。これはもう間違いなく、わかりやすいくらいに赤面してしまっていると思う。

「えっと、たぶん！　……うん！」

柄《がら》にもないことを言ってしまって、あとから焦る焦る。じっと見つめてくる少女の顔から目を逸《そ》らしてしまう。

「……や、なんでもない！」

熱さを吐き出した反動で冷静になって、徐々にいつも俯瞰《ふかん》してばっかりの醒《さ》めた私、光月《こうづき》まひるが返ってくる。だめだ、なに痛いこと言ってるんだ私は……。こんな青臭いことを言って、恥ずかしいやつだと思われてないだろうか。

けれど少女は、にっと子供っぽい笑みを浮かべていた。

「嬉《うれ》しいよ！　こちらこそありがと！」

「っ！」

な、なんだこの真《ま》っ直《す》ぐさは。私はまたも肯定された気分になってしまって、思わず顔を上げてしまう。

「にしても律儀だねえ、ヨルは」

「え……ヨル？」

呼ばれなれない名前に、どきっと胸が跳ねる。

「うん。さっきXに書いてあったから！　それか本名のほうがいい？」

「えっと……」

アップしてある絵のことを思い出す。丁寧に描いた作品。黒歴史だなんて言ってはいるものの、やっぱりそれは自分にとって忘れられない足跡の一つで。私は小っ恥ずかしいのを誤魔化すように、ややぬるくなってきたソイラテをストローで飲む。

「ううん。……いいよ、ここではヨルで」

私がぼそぼそと言うと、

「私は山ノ内花音《やまのうちかの》！　高二！　よろしく！」

山ノ内花音。

理由はわからないけれど、とてもこの女の子に似合う名前だな、なんて思った。

「花音ちゃん、ね。よろしく。ていうか、同い年だ」

私が遠慮気味に笑顔を返すと、花音ちゃんはこれまで語りに夢中で口をつけていなかったドリンクに視線を落とした。

そのままドリンクを飲むためにマスクを外す所作を、私は目で追ってしまう。

「あ……」

ただマスクを外しただけなのになぜかふわりと、きらきらした空気が舞うような一瞬。外れたゴムが耳にかかっていた髪を揺らすと、綺麗《きれい》な金色の一本一本が、宮下《みやした》パークの照明を透かした。

不意に、見とれてしまっていた。

色が白くて。顔がちっちゃくて。

それに――


「……クレオパトラ」

「……ふえおはおは？」

ストローをくわえながら言う花音ちゃんは、きょとんと首を傾《かし》げた。

＊＊＊

ドリンクを飲みきった私たちは、どこに行くわけでもなく渋谷《しぶや》の街を二人で歩いている。

初対面の女の子と目的のない時間を過ごすなんて生まれて初めてだったけど、自分の絵をあんなに好きだと言ってくれた女の子だったから、なんだかむしろ、学校の私より私でいられているような気がしていた。

「元アイドル？」

「うん。昔の話だけどね～」

話題はお互いの素性についてだった。と言っても私はむかし絵を描いていただけの普通の女子高生だから、話題の中心は自然と花音《かの》ちゃんのことになる。

「アイドル……」

　なにやら只者《ただもの》ではなさそうだな、とは思っていたけれど、ちゃんとした芸能人としての経歴が飛び出してきた。納得したような驚いたような気持ちだ。

　失礼だろうな、と思いつつも花音ちゃんの姿をまじまじと眺める。少し癖っ毛の金髪で、缶バッジのたくさんついたニット帽をかぶっていて、大きなスニーカーを履いて青いトラックジャケットを着ている。それは清楚《せいそ》ってよりもストリートっぽい雰囲気で、なんというか、私の知っているアイドルというイメージとは少し違った。

「……ヤンキーキャラとか？　……痛い痛い！」

　素直な感想を言うと、躊躇《ちゆうちよ》なく鼻をつままれた。

「まったく……。現役時代はちゃんとやってたのっ」

　花音ちゃんは私の鼻から指を離すと、宮下《みやした》パークのライトアップを受けながら、身軽に華麗にくるりと舞う。

「黒髪清楚で、ファンサもばーっちり♡」

　花音ちゃんは両頬《りようほお》に人差し指をあてて、わかりやすくアイドルスマイルを作った。

「ってね♡」

「……やはり顔がいい」

「え?」

小声で言ったルッキズム丸出しな感想は花音ちゃんに届いていなかったけれど、なんだか私がこんなズバズバと本音っぽいことを言ってしまってるのは珍しいな、と思った。

不思議だなと思ったけれど、理由に心当たりはある。

きっといまの私は光月《こうづき》まひるではなく——海月《うみつき》ヨルとして、接することができているのだ。

「もうやってないんだ? アイドル」

「あー。まあ、いろいろあって……」

言いづらそうに耳の横を掻《か》きながら目を逸《そ》らす花音ちゃんには、初めて見せる弱さみたいなものがあって。

私は珍しく、その奥にあるものが気になった。

「いろいろ? ……あ、ひょっとして」

「っ!」

花音ちゃんの眉《まゆ》がぴくりと動いた。

私は朝に佳歩《かほ》とした会話を思い出す。

「……お寿司屋《すしや》さんの醤油差《しょうゆさ》しでも舐《な》めた?」

「あははっ。なわけないでしょ!」

若干ブラックなインターネットジョークに、花音《かの》ちゃんも笑ってくれた。

「まあ、なんていうの？　いろいろあったっていうか、ちょっと燃えたっていうか……」

冗談めかしたトーンが、徐々に真剣な声色に変わっていく。

「燃えたって……ネットでってこと？」

「ん。……ま、そんな感じ！」

再び明るいトーンで頷《うなず》くけれど、そこにはどこか作られた色があった。

ネットで燃えた。

つまりは、炎上ということだろう。

なんていうかこう、地雷を踏んでしまったかもしれない。

「そっか、……えーっと、ごめん」

「いいよ、慣れてるし！」

けろっと笑って言う花音ちゃんの表情はなにも気にしていないふうだったけど、本当になにもないってことはないんだろうな。

そんなふうに若干気まずい空気を感じながらも、いまはいつもと違う、本音を言えてしまう海月《うみつき》ヨルになれている私は、こんな余計なことを考えていた。

醬油差《しょうゆさ》し、若干かすってたな……。

＊＊＊

私たちは相変わらず行く当てもなく歩いている。目的がないまま誰かと行動するのって珍しいことだけど、ただ話すことだけが目的って感じがして、場所や目的よりも私自身が求められていると思うと、なんだか居心地がよかった。

「……けど、ちょっとわかるかも」

歩道橋のなかほどで、私はぼそりと言う。

「わかるって？」

私はさっきの花音ちゃんの話を、勝手に自分に結びつけていた。

思い出しているのは、『変な絵』の記憶だ。

「やめたくなる気持ち。周りから言われたりするとさ……つらいもんね」

私のは炎上だなんて大きな事件じゃなく、ただ周りに流されて、自分で自分を裏切ってしまっただけだったけれど。みんなに言われて、自分が好きなものよりも周りからの目が気になってしまって、気がついたらいままで自分が好きで続けていたことを、やめてしまう——

もしかしたら、私はこの女の子と、似ているのかもしれないと思った。

「私もそういう経験あるから、わかる」

私が抱えてるものを話したら、この子ならわかってくれるのかな。初めてこの悔しさと情けなさを、共有できたりするのかな。そんなことを考えていた。

けれど――どうしてだろうか。

花音《かの》ちゃんは、自信満々に笑っていた。

「誰が、やめたって？」

「え。だって元アイドルって……違うの？」

「ふっふっふ、じゃーん！」

不敵に笑いながら、花音ちゃんは私にスマホの画面を突きつけた。

「匿名シンガーのJELEE《ジエリー》ちゃんです！」

「匿名シンガー？」

受け取ると、画面に映っていたのは、カバー歌唱動画がいくつも上がっているYouTubeチャンネルだった。黒背景に白文字で曲名が書かれているだけという、シンプルすぎるサムネイルがずらっと並んでいる。

「あ、なるほど。歌ってみた的な……」

「これが、いまの私！」

自慢のおもちゃを見せびらかす少女のような表情で、私の顔を覗《のぞ》き込む。それは自分の好きを貫けている純粋さにあふれていて。

私はなんだか勝手に、裏切られたような気分になってしまっていた。

どうやらこの女の子は、私とは違うらしい。

画面をぼんやり見ていると、そのチャンネルのヘッダーやアイコンに、謎《なぞ》の多足生物が描かれているのが目についた。

「なにこれ……タコ？　イカ？」

「違う！　クラゲ！」

「ああっ、ごめん——って」

それは素通りするにはあまりに耳馴染《なじ》みのありすぎる単語で。

「クラゲ……？」

予感とともに聞き返すと、

「そ！　ヨルの影響だよ！」

あっけらかんと言われて、また私は顔を熱くしてしまう。

「えっと……それはなんというか……」

「うん？」

「……物好き、というか……」

「うん、好きだよ！」

「～～～っ⁉　だからさ、よくそんなことさらっと言えるね⁉」

「なんで？　好きなものを好きって言うだけじゃん」

「それが普通難しいの！」

本当に困った人だ。けど、ここまで真っ直《ま》《す》ぐ好意を伝えられることってあんまりないから、なんか困りながらもやっぱり私は満たされていた。私口説かれてます？

「……聴いてみる？」

不意に提案してきた花音《かの》ちゃんの声には、少しだけ不安の色がある。

「え、いいの？」

聞き返すと、花音ちゃんは恥ずかしそうに目を伏せながら、私にイヤホンの片方を差し出した。

「……ん」

イヤホンの先を受け取る。私たちはコードでつながったそれを、片方ずつ耳につけた。この時代もうみんなBluetoothにしてるのにまだコードのイヤホンなんだ、けどそんなところが花音ちゃんっぽい気がするな、なんて知ったようなことを思いながら、私はいまを楽しんでいた。

耳にそれをはめる。

流れてくる音楽を、二人で聴く。

夜の渋谷《しぶや》、宮下《みやした》パークのライトアップ。ネオンも街灯も月も星も、カラフルな光として私の目に飛び込んできて、私はただ名前しか知らない女の子の歌を聴きながら、涼しい風を浴びている。

拙《つたな》いギター、ざらついた音質。動画はずっと真っ黒で、きっと録音した音声ファイルをそのまま動画に変換して上げただけなのだろう。

けどその声と歌にだけは――私はここにいるんだという魂の主張みたいなものが感じられて。

「……どうかな?」

窺《うかが》うような声が、イヤホンをつけていないほうの耳に届いた。

「かっこいい……」

「ほんと!?」

「……かも」

へにゃ、と折れてしまった言葉は、けれど正直な気持ちを伝えたいということの裏返しで。

「あはは、なにそれ」

「う……私、音楽のことってあんまりわからないし」

言いながら、私は思う。

散々花音ちゃんから、その言葉をもらって。

私はその言葉を人に伝えることって、ほとんどなくて。

けどそれは多分、その気持ちがないわけではなくて。

ただ、伝える勇気がないだけなのだ。

――だから。

「……あのさ」

私も見習ってみよう。

そんなことを思った。

「私は、この歌好き」

不安そうだった花音《かの》ちゃんの表情は、みるみる笑顔に変わっていった。

「ほんとっ!?」

安心したような表情。こんなに強く見える女の子でも、不安になったり安心したりするんだな、なんて当たり前のことに気がつく。だけどそれに気付くことができなかったのは、きっと私は私のことで精一杯だったからなんだろう。

「この曲は、『カラフルムーンライト』。私がアイドル時代に作詞した曲で、そのギターアレンジ。……まだギターは下手くそだけど……歌うのは、ずーっと、好きなんだっ」

ご機嫌に笑う花音ちゃんは、YouTubeチャンネルのクラゲのアイコンを指差しながら、ゆっくりと語りはじめる。

「この子はね？　本当の私を表現するための、もう一人の私なの」

「もう一人の……私」

人ごととは思えない言葉だった。

だって私はいま、花音ちゃんと『もう一人の私《海月ヨル》』として接している。

「私はさ。私を馬鹿《ばか》にした人もみーんな、歌で見返したいんだ」

言葉が眩《まぶ》しい。

私も本当は、あのときのみんなを、絵で見返したかった。

「それが私ってわからないまんま、私を嫌ってた人もみーんな感動させて……この歌に救われたって、泣かせてやりたいの！」

「だから……匿名」

花音ちゃんは、無言で頷《うなず》いた。

同じ夜空を見上げる。けれど私はその瞬きに憧《あこが》れているだけで、花音ちゃんはそれを掴《つか》み取ろうとしている。

「私は誰になにを言われても、自分を貫くって決めたんだ」

まだ会ったばっかりだけど。どんな子なのかすらほとんど知らないけど。

この子は私のことを置いて、あっという間にどこか遠くへ行ってしまうんだろうな。

なんだか、寂しいな。

そんな感情が芽生えていた。

「それが、私なりの仕返しっ」

輝いた笑顔の花音ちゃんは、私の中のポジティブな部分を総動員しても勝てっこないくらい、まっすぐ前を向いていて。

羨《うらや》ましくて、眩《まぶ》しくて。……妬《ねた》ましくて。

「あはは。……なにそれ、子供？」

私は大人ぶりながら、ちょっと嫉妬混じりの言葉を返してしまう。


「――ひらめいたっ！」


花音《かの》ちゃんは両手を大きく広げて、弾むように言った。

「ここにヨルの絵があったら最高だと思わない!?　こんなふうにファンサした、かわいいクラゲが！」

私を誘うように、ウィンクしてピースして、太陽みたいに笑う。

「え、それって……！」


それは。

きっと、私が欲しかった言葉だ。

「私とヨルのコラボだよ！　……なんていうかさぁ、ここにはタコでもイカでもなく～、ちゃんとクラゲに見える生き物が必要っていうか～」

「あーもう、それはごめんって！」

からかうように言う花音ちゃんに焦って突っ込むと、二人でくすくす笑い合う。

体の一番まんなかのところが、熱くなっていた。

「けどねヨル。冗談で言ってるわけじゃないよ？」

私を見つめる瞳《ひとみ》は、熱を帯びた真剣なものへと変わっていく。

「私、占いは信じないけど、運命は信じるタイプなんだ」

思えば私はこのときすでに——この太陽みたいな女の子に、魅了されていたのだろう。

「この出会いって、運命だと思った。……一緒に、やってみない？」

＊＊＊

帰り道。

窓ガラスから外を見ながら、電車に揺られている。

後悔するように小さく唇を噛《か》むと、私はぼおっと意識を過去から逸《そ》らす。

夜の街を走る電車がトンネルに入ると、窓ガラスの黒が反射して、私の顔を映し出した。

その表情はうつろで、こんなスピードで真っ直《まっす》ぐ進んでいる電車とは対照的に、どこに向かいたいかすら曖昧《あいまい》な、弱さがにじみ出ていて。

「……はあ」

大きすぎるため息を吐《つ》くと、花音《かの》ちゃんに誘われてからすぐのことを、思い出していた。

＊＊＊

「……無理って、どうして?」

問い直してくる花音ちゃんの表情を見ることができない。

私の口から飛び出していたのはまた、自分でも言いたくない言葉だった。

私はいつも大事なときに、言いたくないことばかりを言ってしまう。

「だって……私って花音ちゃんと違って、平凡な女子高生だし……」

へらへらと、言い訳するように。

ここ最近どこかで聞いたような、つまらない言葉ばかりがあふれた。

「周りの目だって気になるし……」

ほんとうに、つまらない言葉だ。

けど。だからこそ私には、切実な言葉だった。

私はそのつまらない呪縛《じゅばく》から、ずっと逃れられずにいる。

「そんなの気にしなければ――」

花音ちゃんは私に手を差し伸べるように言うけれど、

「私にはっ！」


鋭い声を出してしまう。

憧《あこが》れが、嫉妬《しっと》が、劣等感が。

光月《こうづき》まひるを卑屈にさせた。


「そう、思えないよ」


誰にも嫌われない、無難な薄ピンクに塗った爪《つめ》の先が歩道橋の手すりに当たって、かんっと高い音を出す。

「私って平凡な女子高生だし……なりたいものとか、好きなものだって曖昧で……」

花音ちゃんの顔を、見ることができなかった。

「それにこれから受験でしょ？　現実的に厳しいっていうか、みんなに合わせて勉強するのが、女子高生のあるべき姿というか……」

同じ言葉を最近、ほかの人から聞いた気がする。

私はそれに、納得がいってなかったはずだった。

なのに、いまはほかでもない私が、同じ言い訳を並べている。

「ほ、ほら、私みたいな何者でもない人ってさ、目の前のことで精一杯だし、むしろそれで十分――」

「――そっか」

ぼそりと漏れた小さい声だけで、私のズルい言い訳は簡単に止められてしまう。

吸い込まれるように、前を向く。

「……絵を見て勝手に、気が合うかなって思ったけど――」

私を見つめる花音《かの》ちゃんの目はまるで、期待外れのものを見捨てるような表情に、私には映った。

「――ヨルって、けっこう普通なんだね」

「っ！」

普通。

それはきっと、私が一番よくわかっていて。

むしろ普通であるために、周りから浮かないために、自分を折ってきた自覚すらあって。

だけどここでは。

自分を好きになれない光月《こうづき》まひるじゃなく——自分の好きを表現できる海月《うみつき》ヨルとして関係を始められた花音ちゃんの隣では、それだけは言われたくなかった。

本当の自分を共有できるかもしれないと思っていたこの場所で、弱くてズルくて、大嫌いな自分を見透かされてしまったことが、無性に苦しかった。

好きになれそうだった新しい居場所が、なくなってしまうような気持ちになった。

「……花音ちゃんにはわかんないよ……！」

だから私の口からは、本当は言わなければいい言葉が、溢《あふ》れ出てしまう。

「え……」

目の前で馬鹿《ばか》にされた絵。作り笑いの自分。

みんなに合わせて大好きな自分の絵を否定してしまった、最低の瞬間。

きっとこの罪悪感は、嫌悪感は。

特別になれない、弱い人にしかわからない——

「花音ちゃんは、特別じゃん……」

――この輝いた女の子には、絶対にわからないのだ。

「花音《かの》ちゃんは……っ。花音ちゃんは自分で自分が嫌いなんて、思ったことないでしょ!?」

どろりとした本音はきっと、ヨルではなくて、まひるのものだった。

「花音ちゃんには私の……特別じゃない人の気持ちは、わからないよ……っ」

言ってすぐに、後悔した。

けど、一度口にした言葉はもう、二度と戻すことは出来ない。

「……そっか」

俯《うつむ》き気味に言う。

花音ちゃんは悔しさを堪《こら》えるようにゆっくり前を向くと、私と目が合った。

私はそのときに見た表情を、悲しい表情を。ずっと忘れることができないだろう。

「――私がそんなに、自信あるように見える?」

＊＊＊

数時間後。

自宅のお風呂《ふろ》に顔を突っ込んで、ごぼごぼと空気と一緒に感情を吐き出している。

「…………わぁ――――――っ！」

「なんだよ私か!?　私が悪いのか!?」

ついムキになってしまって、きっと言ってはいけないことを言ってしまって。結局あれから気まずくなって別れてしまったけど、ぷはっと顔を上げて息を吸い込むと、ちょっとだけ冷静になれた。

「……まあ、たしかに決めつけすぎたとこもあったけど……」

頭のなかに、花音ちゃんが私を普通って言ったときの、失望の表情がフラッシュバックする。するとまた怒りなのか悲しみなのかわからない感情がぐわーっと押し寄せてきて、ふたたび顔を水中に沈めた。

「私が普通なんて、私が一番わかってるっつーの!!」

「お姉ちゃんうるさい！　思春期!?」

「思春期入りたての佳歩《かほ》が言うなーっ！」

お風呂《ふろ》の外から野次を飛ばしてくる佳歩《かほ》を正論で一喝《いっかつ》すると、私は壁にマグネットで貼り付けたスタンドに手を伸ばし、スマホを手に取る。

「カラフルムーンライト……だったよね」

歩道橋で聞かせてもらった曲。二人で一緒に聞いた曲。

花音《かの》ちゃんはたしかあの曲を、アイドル時代の曲のアレンジだと言っていた。

「ってことは……」

私は悪知恵を働かせる。アイドル時代の名前などは聞いていない。……けど。

私は『カラフルムーンライト　炎上』というお行儀の悪いワードをテキストボックスに入れると検索をかけて、出てきたニュースをタップする。

「あ……暴行」

出てきたのはサンフラワードールズというアイドルグループのメンバーが、同じグループのメンバーを殴って引退、グループも活動休止になった、という至極シンプルなニュースだった。たしかに花音ちゃんが言っていたものと一致する。

「……橘《たちばな》ののか」

殴ったとされるアイドルの名前だ。このグループが花音ちゃんの所属していたグループなのだとすると、この女の子が花音ちゃんということになる。

しかし、ニュースに載っている橘ののかの写真は黒髪清楚《せいそ》の王道アイドルで、一度会っただけの本人とは似ても似つかなかった。

「人違い……？　けどそういえば……」

アイドル時代は黒髪清楚でやってた、って言ってたっけな。ファンサもバッチリだったとか。想像もつかないけど。

「ん……？」

並ぶ写真のうちの一枚が、目についた。

それは橘ののかを、横から撮っただけのなんの変哲もない写真だったけど。

私は勢いよく立ち上がり、叫んでしまう。

「クレオパトラ!!」

花音ちゃんがマスクを取った瞬間がフラッシュバックした。

色白で、顔が小さくて、クレオパトラ。その横顔が写真に完全に重なった。

「なにこれ、雰囲気変わりすぎでしょ」

YouTubeに上がっているPVのなかには、黒髪清楚でにこにこ笑顔で歌う橘ののか——いや、花音ちゃんがいた。

「……髪型の変化、恐るべし」

動画のなかの花音ちゃんは全力で踊ってアイドルスマイルでピースとかしていて、言葉を選ばずに言うなら媚《こ》び媚びだ。あのズバズバものを言う花音ちゃんのイメージとはぜんぜん違った。さらに興味が湧《わ》いてきて、私は検索を続行する。少し考えると、私は画面上のテキストボックスに『橘《たちばな》ののか』と入れた。

すると。

検索のサジェストが自動で働いて――

テキストボックスの『橘ののか』という名前の隣に、いくつもの検索候補が並んだ。

そこに表示されているのは――『暴行』『炎上』『引退』という物々しいワードたち。

「……っ」

私は一度スマホの画面をオフにすると、湯船からゆっくりと立ち上がった。

お風呂《ふろ》から出た私は、下着をつけて寝間着を上だけ着ると、スマホをにらみながら早足で廊下を歩く。

「ねえお風呂長すぎ。なにしてた――」

「なんでもない」

腰に手を当てて仁王立ちしていた佳歩《かほ》の横を、早足のまま通り過ぎる。

はあ、これだから思春期は……みたいな佳歩のため息が聞こえたけれど、いまはそんなことどうでもよかった。

＊＊＊

『――その当時、結構話題になってたけどなあ』

電話越しのキウイちゃんが、しれっとした口調で言う。

Discordで送られてきたアドレスを開くと、そこには花音《かの》ちゃんが週刊誌と思わしき記者にインタビューを受けている映像が再生された。

『暴力を振るったというのは事実なんですか？』

カメラを向けられた花音ちゃんは無言を貫いて、パーカのフードを被《かぶ》って顔を隠して、足早に歩いている。

『メンバーの瀬藤《せとう》さんとは以前から確執が？』

「……なにこれ、酷《ひど》い」

一人で歩く花音ちゃんに、カメラが突撃して、大人が囲ってICレコーダーを向けている。

フードを被ったまま俯《うつむ》いている花音ちゃんは明らかに取材を拒絶しているのに、執拗《しつよう》に追い回していた。

「このころまだ……中学生だよね？」

『まあ、同い年だとしたらそうだよな』

もしも中学生の頃の私が同じ仕打ちを受けていたら。

想像するだけで、胸が痛んだ。
『では橘《たちばな》さん、このことを雪音《ゆきね》プロデューサーはどうお考えでしょうね？』
「……っ！」
花音《かの》ちゃんは表情を変えて、ゆるんだ足取りがしだいに止まった。
『橘ののかさん、答えられないんですか？』
そして私は、驚いてしまった。
強くて輝いていた、あの花音ちゃんが。私の絵を好きって言ってくれた、女の子が。
ぽろぽろと涙をこぼしはじめたのだ。
『泣いていてもわからないですよ、あなたの――』
私はそこで、動画を止めてしまった。
「……これって」
『ま……これだけ騒がれたら、耐えられなくて辞めちゃうのもわかるよな』
キウイちゃんの言うとおりだ。
中学生の女の子が、こんな大人につけ回されて。
コメント欄を覗《のぞ》くと、非難する声で溢《あふ》れかえっていて。
こんな状況に晒《さら》されたら、歌うのなんて、やめてしまって当然だ。
私もそう思う。私は実際、やめてしまった。

――なのに。

私は花音ちゃんから教えてもらった『JELEE《ジェリー》』のチャンネルを開く。

「うん。……そうだよね」

JELEEのチャンネルの動画の欄にはたくさんの歌が投稿されていて、再生数はどれも数十～数百と少ないけれど、一年前に上げはじめてからずっと、休むことなく、花音ちゃんは歌いつづけている。

それはきっと泥臭くて真《ま》っ直《す》ぐな、花音ちゃんの軌跡だ。

「……普通、そうだよね」

＊＊＊

小一時間後。

私は海月《うみつき》ヨルのアカウントの、渋谷《しぶや》の壁画を紹介しているポストを見返していた。

私の絵を好きと言ってくれた花音ちゃん。

そんな花音ちゃんに、酷《ひど》いことを言ってしまった自分。

取材を受けながら――泣いてしまっていた、花音ちゃん。

「……」

歩道橋で一緒に聞かせてもらった『カラフルムーンライト』を再生しながら、私はあのときのことについて考える。

私はきっと、勘違いをしていた。

私と話しているときの花音《かの》ちゃんは、真《ま》っ直《す》ぐ純粋に夢を語っていた。

だから私は嫉妬《しっと》から、普通と言われたショックから、花音ちゃんは自分のこと嫌いなんて思ったことないでしょだなんて、言ってしまった。

けど、よく考えればわかることだ。


そんなわけが、ないのだ。


あんなふうに大人から、不特定多数から、匿名から、悪意を向けられて。

私と同い年のたった一人の女の子が、なにも気にせずに立っていられるはずがない。

一度も折れずに、自分を責めずに、歌いつづけられるわけがない。

私はスマホの画面をYouTubeに切り替える。

開いたJELEE《ジェリー》のチャンネルには——

いまからたった数十分前にまた、新しい歌がアップされていた。

「……っ」

もしも私の目から、花音ちゃんが強く、真っ直ぐ咲き誇っているように見えたのだとしたら。

折れることのない特別な存在だったのではなく、単純に――

折れたあとに、もう一度立ち上がった。

それだけのことなのかもしれない。そう思った。

＊＊＊

女の子にとって、化粧は武器だ。

ありのままの自分では自信を持てないけれど、そこに薄く整えるような仮面を貼り付けることで、マウントとかレッテル貼りとか縄張り争いがあふれるこわーい世界と向き合っていく。

ならば全身を変えてしまう仮装は――武装みたいなものだろう。

ベッドの隣に置かれた姿見のなかには、私以外になった私がいた。

天使の衣装を着て、背中には羽までつけて、頭にはチープな針金みたいな部品で輪っかをつなげて、イラストレーターとしての私が自分の顔にペイントをして。頭からつま先まで全身を非日常に着飾った私は、まさに全身武装人間といった趣《おもむき》だった。

「えっ、お姉ちゃんそれでいくの?」

武装したまま家の廊下を歩く私を見て、佳歩《かほ》が面食らっている。私はどちらかと言うと、毎年こういうイベントごとを冷静に見ていたほうだったから、この気合いの入れように驚いているのだろう。

「うん、ハロウィンだし。……いってきます」

本当は「なにか悪い?」くらい言いたい私だったけれど、やっぱりまだそんな強い自分ではいられない。玄関の鏡の前でポーチからいつもの量産型のリップを取り出して、いつものように塗りなおしたのは、私がまだ中途半端だという証《あかし》なのかもしれなかった。


いつもと違う格好で、私が住む大宮《おおみや》の街を歩く。

仮装している人と普通の格好をしている人が入り交じる大宮駅はやっぱり非日常で、けれど今日に合わせて仮装するというのはある意味、周りに合わせているだけだとも言えるのかもしれない。けれど私は、自分じゃない自分になれているこの瞬間を、大事に思っていた。

渋谷《しぶや》へと向かう湘南新宿《しょうなんしんじゅく》ラインの車両のなかで、私は音楽を聴いている。

耳に届く歌詞は花音《かの》ちゃんが書いたもので、アイドル時代に発表した曲だと言っていた。

だから、こんなのは勘違いでしかないし、勝手に私が運命を感じているだけだと思う。

けど。

『君と出会えた夜の海　その輝きに恋したんだ
街のネオンに染まらないで　どうか
君が描いた色できらめいて　夜空を照らせ』

その歌詞がまるで、私から見た花音ちゃんの姿を歌っているようで。

一人ぼっちの夜の渋谷で、輝いた存在に出会えた私の心と、あまりにもリンクしていて。

だったらせめて、私はいままでの自分とは違う自分へ、一歩足を踏み出してみよう。

そう思っていた。

＊＊＊

渋谷に到着すると、エミもサオリもチエピも揃《そろ》っていた。

「……おまたせ」

「おっ。お疲れ……って」

「おー！　まひる仲間じゃん！」

エミが驚き、チエピが嬉《うれ》しそうに私の両肩に手を置く。

エミとサオリは学校の制服に少し手を加えたくらいの仮装で、チエピは全身ガッツリとキョンシーになりきっている。おでこにお札まで貼り付ける徹底ぶりで、激しく動いても取れないことを思うと結構ちゃんとした接着剤でくっつけているような気がする。気合いが入ってるなあと思うし、肌が荒れないといいねと思う。

「天使とキョンシーで光と闇《やみ》コンビだねっ」

チエピが嬉しそうに言うと、サオリも合わせて笑う。

「あはは。さすがイラストレーターのまひる先生」

「だから絵は——いや」

言いかけたそのとき。

私の視界に、私がもう一度見つけたいと思っていた影が、入ってきたような気がした。

悪魔のコスプレをした、色白で顔の小さい——

クレオパトラみたいな鼻筋の、金髪少女。

歩き姿に、私は目を奪われていた。

「……ちょっとごめん」

「え、まひる？」

見間違いだろうか、それとも本物だろうか。引き寄せられるように歩み寄るけれど、ハロウインの人混みのなかで、私はその人影をあっという間に見失ってしまう。

「あー、……もう」

そのとき。

私のすぐ近くに金髪の女の子の影が通った。

「っ⁉　花音《かの》ちゃん⁉」

「……はい？」

それは私が捜していた影ではなく、金髪のウィッグをかぶった男性だった。怪訝《けげん》な目で見られる。ご、ごめんなさい。

「えっと、人違いでした……すみません」

と、私が知らない人に謝っていたとき。

「みんな〜っ、ここまで応援ありがと〜〜っ！」

声に振り返ると、そこにいたのはこのあいだも見たアイドルのみー子さんだ。またも私の壁画の前でライブをしている。ハロウィンライブって感じだけれど、これって許可とか取ってるんだろうか。

「それでは最後の曲です！　これは私が大好きで、けどもう活動してない子が歌った曲です。ひょっとしたらみんな好きじゃないかもですが、炎上覚悟で歌っちゃいます☆」

相変わらずあの壁画の前で、今度は壁に『みー子の部屋、チャンネル登録よろしくお願いします！』と書かれた、前よりもバカでかいポスターを貼っている。

「聞いてください、サンフラワードールズで『カラフルムーンライト』！」

「っ！」

知っている曲だ。

それは私が歩道橋で花音《かの》ちゃんに聴かせてもらって。

そのあと何度も一人で聴いた、私の、私の好きな曲。

「前髪で〜、隠された〜み一子のっ♪」

みー子さんは歌詞の『私』の部分を勝手に『みー子』にして歌っている。どうやら正面に立ててある三脚の上のスマホでは生配信をおこなっているようで、コメントらしき細かい文字が画面を流れている。

なんだか、無性にむかついた。

「おいっ……」

ぽそぽそと、届くはずのない声で言う。

「私の好きな歌を、汚してんじゃねえっ」

大きな声でなんて言えるわけがなくて、けど、なにも言わない自分にもなりたくなくて。

「……なんてね」

言ってから恥ずかしくなって、はあとため息をついていると——


「おい！　私の好きな歌を、汚してんじゃねえっ！」


すかっと通る、私の本音を代弁してくれる声が、またも渋谷《しぶや》に響いた。

みー子さんが一瞬歌うのをやめて、「なにー？」と観客を見渡す。観客の一部もざわざわと周囲を見渡したけれど、私は声だけですぐにわかった。

はっと振り返ると、そこには悪魔のコスプレにカボチャの仮面を斜めに被《かぶ》った金髪少女が、悪戯《いたずら》っぽく笑っていた。

「ハッピーハロウィン！　誰の好きな歌だって？」

それは、私が捜していた少女だ。

「かか、花音ちゃん！」

しかしとんでもないところを聞かれてしまった。

「えっと、いまいま、いまのは……」

恥ずかしすぎて、死ぬほど取り乱す。そんな私をよそに、みー子さんは再び歌に戻っていた。

花音《かの》ちゃんは私の慌てた様子を見てけらけら笑いながら、私じゃなくなった私の格好を、上から下まで眺めた。そして天使の輪っかを指差しながら、

「それ、似合ってるじゃん」

「いや、花音ちゃんこそ……似合ってますが」

「あははっ、ありがと」

ひらりと羽根みたいに笑う花音ちゃんの表情を見つめながらも、私は考えていた。

「……あのさ」

私はいまどうして、花音ちゃんを捜していたんだろう、って。

出会ったときは、花音ちゃんを追いかけていたときは、絵をかばってくれたこの子に、感謝したくて。私は足を踏み出していた。

でも、いまは?

少し考えて――私は案外簡単に答えへ辿《たど》り着いた。

いまはきっと、あのときと逆だ。

「あのさ。この間はごめ――」

「――ごめんなさい！」

私が謝罪の言葉を発するか発さないかの瀬戸際。花音ちゃんはすでに、勢いよく頭を下げていた。

「え……」

「や、正直あんま自覚ないんだけど、ヨルの気に障ること言っちゃったんだろうなって……。だから、ちゃんと謝りたくて……」

素直さにまた、私はくすりと笑ってしまう。

この人は本当に、ずるいな。

「ううん、私のほうこそごめん。なんか、耳が痛くて、ムキになっちゃって」

「……痛い？」

「うん」

花音ちゃんは、きょとんとする。

私は遠くで歌う量産型なアイドルを全力でやっているみー子さんを眺めながら、目を逸《そ》らしたい過去を見つめる。

「私、あの壁画のことをみんなに馬鹿《ばか》にされたことがあって。そのとき、自分でも否定しちゃったんだ。変な絵だ、って」

「……そっか」

「それをね……たぶんまだ、引きずってるんだと思う。けど花音《かの》ちゃんはあんなに言われても、今日までずっと歌いつづけてて。ねえ……花音ちゃんはなんでそんなに、強くいられるの？」

私が尋ねると、花音ちゃんは少しだけ、目を丸くした。

「見た、ってこと？」

静かな表情で、私を見つめる。

「……うん」

「……そっか」

きっと知られたくはない炎上の過去。けれど、曲名のことを教えてくれたり、元アイドルだって言ってくれたり。きっと、完全に隠そうとしていたわけではないと思う。

「……私はね、負けたくないんだ。誰かに負けて、自分が自分じゃなくなるのが嫌なの」

遠くには、媚《こ》びに媚びたみー子さんが踊っている。

どこかで見たことある笑顔に、どこかで聞いたことのある声を、武装みたいに貼り付けて。


「——量産型には、なりたくないから」


気持ちが、痛いほどわかった。

だからこそ、自分とは真逆の強い姿に胸が痛んだ。

「っ！　わ、私も……私も……！」

花音ちゃんに言われたことを、思い出す。

『一緒に、やってみない？』

私は力強く、前を向く。

「その気持ち、すごくわかる……っ」

拳《こぶし》を握って、声に力を込めた。

あのとき言えなかったことを。踏み出せなかった一歩を。

いま、ここで。

「だから……っ！」

けれど、勇気が出なかった。

言いたいことはもう、自分のなかで整理できていたのに、口に出す勇気だけがなくて。

「……CDとか出たら、……買うね、絶対……」


踏み出そうとした足を、一歩後ろに引いてしまう。

きっといま、私はまたチャンスを逃したのだ。

それができないから私はずっと、みんなに合わせてばかりで。

自分がなりたい自分に、なることができずにいたのに。

花音《かの》ちゃんは私をじっと見つめる。私の真意なんてもう、見透かされているのかもしれない。

だけど、どうしてだろう。

花音ちゃんは企《たくら》むように笑って、斜めに被《かぶ》っていた仮面を、正面にかぶり直した。

そして。

「ヨル」

「うん?」

私の耳に口を寄せて、

「――――――」

優しく、一つの言葉を囁《ささや》いた。

「……っ！」

花音ちゃんは耳元から口を離すと、ずんずんと進んでみー子さんの目の前にいく。

「ちょっと借りるよ」

そして花音ちゃんは、みー子さんからマイクを奪ってしまった。

「え？　ちょっ——」

——花音ちゃんの歌声が、みー子さんの声を塗りつぶした。

それはきっと、橘《たちばな》ののかとしてではない、JELEE《ジエリー》としての歌声。花音ちゃんの歌い方。

自分で作詞したというその曲を、花音ちゃんは渋谷《しぶや》を塗りつぶすような声で、歌いはじめた。

「っ！」

私はそれを、呆然《ぼうぜん》と眺める。花音ちゃんの歌声には、自信だとか、怒りだとか、反骨心だとか、そんなものが満ちあふれていて。

けれどその芯《しん》には不器用さと繊細さと、そして弱さが感じられて。

私は気がつくと、家で何度も聞いていたその歌声の『いま』に、惹《ひ》きつけられていた。

「なんか結構よくない？」「乗っ取り？」

「いや、そういう台本っしょ」「けどかっけえ」「じゃあよくね？」


観客たちがその歌唱力に、徐々に引き込まれていくのがわかる。

空気を読むことだけは得意な私には、痛いほどそれが伝わってくる。

客が増えていく。みー子さんは怒ってるけど、空間は盛り上がっていく。

けれど、盛り上がれば盛り上がるほど。

私はそこから、ぽつんと取り残されてしまった気持ちになっていった。

「なんか面白そうじゃね？」「有名人？」

最初はもっと近くにいたはずなのに、人が集まるたびに、私は花音《かの》ちゃんから離れた位置に押しのけられていく。

私は人の波に流されながら、ここ数日のことを思い返していた。

自分では泳げなくて、人の波にすら流される私はやっぱり、クラゲみたいで。

たくさんの言葉が、私のなかを駆け巡っていった。

『残された時間は少ないんだよ!?』

チエピの言葉だ。私はそれを聞きながら心のなかでは同意しつつも、なにも言うことができなかった。

まるで空気を読めない人を迫害するみたいに、みんなに話を合わせつづけてきた。

私は、後ろに押しのけられていく。

歌っている花音ちゃんから私は、離れていく。


『じゃあ……まひるは、何になりたいんだよ？』

キウイちゃんの言葉だ。私は選ぶより選ばれるだけで精一杯、なんて言いながらへらへら笑って、なにかを選ぶことから逃げていた。

本当はわかっていた。私はただ怖かっただけなんだって。

私はまた、後ろへ押しのけられる。

花音ちゃんの姿が、知らない誰かの後頭部で見えなくなった。


『その気持ちすごくわかる……っ。だから……っ！』

これは――ついさっき放った、私の言葉だ。

もう一度会いたかった人に、もう一度会えて。一度断ったのにもう一度、声をかけてもらえて。普通になりたくない量産型になりたくない、そんな価値観まできっと、共有できたような気がして。

私が一歩を踏み出したら、すべてが変えられたのに。
だけど私は、花音《かの》ちゃんを応援するような、他人事の言葉を吐いてしまった。
『……CDとか出たら、……買うね、絶対……』
けど違う。
私は――本当は。
頭のなかに、花音ちゃんが耳元で囁《ささや》いた言葉が、フラッシュバックした。
『――私、ヨルのクラゲの前で歌いたいな』
そうだ。
私はそんなことが、したかったはずなのだ。
「っ！」
顔を上げる。壁みたいに立ち塞《ふさ》がる人だかりを睨《にら》みつける。

私はその足で、地面を力強く蹴《け》った。

人をかき分ける。前に進む。

頭のなかが焼けるように熱い。空気の冷たさや人混みの湿った匂《にお》いをいつもよりもクリアに感じる。私はとにかく、いまに夢中になっている。

「おおう!?」

「すみません！」

波に逆らうように。

流れをかき分けて泳ぐように。

夜の街を逆走するように、私は泳いでいく。

クラゲは――泳げないはずなのに。

やがて最前列の観客の横を通り抜けると、私は歌っている花音ちゃんのすぐ近くまでやってきた。けれど私はその横を勢いのままに駆け抜けて、壁画のすぐ近くまで近づいていく。

そして――

私の大切な絵の上に勝手に貼られているポスターを。

思いっきり、剝《は》がしてやった。

「なんで――――!?」

花音《かの》ちゃんにマイクを奪われたままのみー子さんが、目をひんむいて驚いている。ああいや、ごめんなさい。けど勝手に人の絵の上にポスターとか貼っちゃダメだと思うんです。

私は明らかにめちゃくちゃなことをしていて、自分が自分じゃないみたいで。けれどなんだか、心地よかった。

ポスターがめくれて、やがて後ろから現れた私の壁画。

黒歴史なんかじゃない、私の大切な絵。

その目の前で花音ちゃんが歌っているのが、なんだか無性に嬉《うれ》しくて。

そのとき。

ふと花音ちゃんと目が合った。花音ちゃんは私のあばれっぷりににやりと笑うと、一段とギアを上げて歌う。そして――

カメラに写らないようにこっそり仮面を外すと、私にウィンクをしてみせた。

そのとき私は思い出す。

『こんなふうにファンサした、かわいいクラゲが！』

なるほど、たしかにそれは名案かもしれない。

だってこの絵は光月《こうづき》まひるが描いたもので、花音ちゃんはヨルのクラゲの前で歌いたい、と言っていた。

だったら、こういうのはどうだろうか。

私はちょうど、私を中途半端にしているそれを、どこかに捨ててしまいたいと思っていたのだ。

私は持っていた小さなポーチから、ゆこちおすすめの量産型リップを取り出す。

そしてキャップをとって、ええいと投げ捨てた。

なにをするのか、簡単だ。

私はこれでもかってくらいにリップを捻《ひね》って、中身を思いっきり露出させると——

壁画のクラゲに、勢いよく赤を描き入れていった。

「な、な、なに!?」

見ていたアイドルのみー子さんが、驚いて声をあげる。けど私は描くことをやめない。

これはきっと、あのとき「一緒にやってみない?」と誘われたことへの、改めてのアンサーだ。

だってそう。

もしも花音《かの》ちゃんが、私の絵の前で歌うのだとしたら。

そのクラゲはただのクラゲじゃなくて——ファンサした、かわいいクラゲであるべきだから。

ざらざらした壁面に、量産型のリップが勢いよく走る。ゆこちおすすめのローズエラーヴルピンクが、普通に使っていたらあり得ない速度で、がりがりと削れていった。ゆこちはどんな色の肌にも合うって言ってたけど、クラゲに合うのかまでは知らないだろうな。

もったいない? とんでもない。きっとこのリップは、こうして使うのが一番気持ちいい。

なるべくお茶目に、なるべく子供っぽく——なるべく、花音ちゃんの笑顔に似るように。

光月《こうづき》まひるが描いたクラゲに、海月《うみつき》ヨルの線を描き入れていく。

出来上がったのは、お茶目にウィンクしたかわいいクラゲ。

紛れもない——海月ヨルのクラゲだ。

「……っ」

観客の注目が集まっているのを感じて、私はまたふっと我に返る。

「やっちゃった……！　やっちゃった……！」

私はそこから離れていって、少し離れたところから花音ちゃんのことを眺める。

夜の街。

あまりにも非日常すぎるほどの非日常のなかに、見たかった景色が一つだけ。

ヨルのクラゲの前で歌う花音ちゃんが、渋谷《しぶや》の夜に完成していた。

「ずっと————っ」

花音ちゃんが大きく盛り上がったサビの最後のフレーズを歌い上げると、曲が終わる。肩で息をしはじめる。

徐々に湧《わ》いてくる歓声と拍手。

花音《かの》ちゃんはそのすべてをその身に受けている。

「いいぞー！」「もう一曲～！」「顔見せろーっ！」

やがて拍手と声がやむと、花音ちゃんは清々しく笑って、観客をぐるっと見渡した。

「みなさん！」

花音ちゃんは堂々と立って、仮面をつけたまま、咳払《せきばら》いをする。

「えー、私は……いや」

振り返り、顔の入ったクラゲを手で叩《たた》く。そしてちらりと、壁画の隣にあるトンネルの入り口あたりに立っている私に、目配せをした。

「私たちは！」

その言葉がなにを指しているのかは、後ろ向きな私にもわかった。

「匿名アーティストJELEE《ジエリー》！　イカでもタコでもない、クラゲのイラストが目印だから、そこんとこよろしく！」

再び歓声が湧《わ》く。みー子さんとそのファンからの恨めしい視線が花音ちゃんへ飛ぶ。けれど花音ちゃんはそのどちらのこともきっと、まったく意に介していない。

「お邪魔しましたー！」

言いながらみー子さんにマイクを返すと、観客に手を振り走り出した。恐らく壁画の近くにあるトンネルを通っていくつもりなのだろう。私はいま、その近くに立っていた。

「じぇりー？　検索してみようぜ」

「どれ、これかな？」

興味を持った観客の声が、花音ちゃんのパフォーマンスを肯定している。

知らない人だらけのこの空間を、あっという間に自分の居場所に変えてしまった。


なんだか、すごいな。


夜の渋谷《しぶや》。

花音ちゃんはこんな華やかな街でも、一瞬で主役になってしまって。

だけど、私は――。


騒ぎのなか、花音ちゃんはもう、駆け出している。

騒ぎのなか、私はいま、立ち止まったままだ。

このままだと数秒後、私は花音ちゃんとすれ違う。

花音ちゃんが私に近づく。

走って、スローモーションになるような一瞬が、私の脳を支配した。

「――ヨルは、どうする？」

「あーっ！　まひるどこいってた――」

同時に、目立つ騒ぎのなかにいた私を見つけた、エミの声が届いた。

私は我に返りそうになったけど、違う。

きっとあのポスターを剝《は》がしたときにはもう、答えは決まっていた。

「っ！」

「まひる⁉」

日常の声を振り切って、私は駆け出した。

にっと笑った花音《かの》ちゃんから差し出された手を取って。

二人で宮下《みやした》パークのポスター大きいのトンネルを走っていく私たちは、まるで共犯者みたいだ。

「ちょっとー！　ポスター大きいの印刷するの大変だったのにー！」

後ろから聞こえるみー子さんの声なんか振り切って、ぐんぐん前に進んでいった。

『――クラゲという生き物は、自分で泳ぐことができません。

自分の意志もなく、水に流されて漂ってるだけなんですね』

小学生のころの水族館。クラゲの水槽の前で聞いた飼育員さんの声。

自分の悪いところを上手《うま》く喩《たと》えられたような解説は、自分の嫌いな部分を突きつけられたような灰色の瞬間で。

なのに私はその日、クラゲのことが大好きになったのだ。

だって。

走りながら高揚していた。

いまならなんだってできるし、なんだって言える気がした。

本当はこんなことをしたいんだって、ずっと思っていた気がする。

「花音ちゃん！　クラゲってさ！」

私はガラになく——声を張り上げていた。

『クラゲという生き物は、とてもすごい特徴を持っているんです。それは——っ！』

消灯される水族館。
暗闇《くらやみ》のなか、各々の色でぼわ、と光り輝きはじめるクラゲたち。
私の心にはその光景が、いまこの瞬間までずっと、深く深く、刻まれたままだった。
きっと、それが私の原点で。

「自分では泳げないし、輝くこともできないけど！」

それは、私にとっての希望だった。

「――外から光をため込んだら、自分でも輝けるようになるの！」

手をつないだまま走って、トンネルを抜ける。
ぶわっと視界が広がって、渋谷《しぶや》の煌《きら》めくネオンが、私たちを歓迎してくれる。
澄んで透明な夜の空気から飛び込んでくる色とりどりな光は――
水槽の真《ま》っ暗闇《くらやみ》をカラフルに染め上げた、気ままに漂うクラゲたちの輝きに似ていた。

「だから私も……！」

あのときの高揚した気持ちが。

私を救ってくれた光景が。

「私もッ!!」

いまこの瞬間と、重なっていった。

「——花音《かの》ちゃんのそばにいたら、輝けるかな!?」

花音ちゃんが嬉《うれ》しそうに笑う声が聞こえる。

「もっちろん！」

そして私の前で、私を肯定するように叫んだ。

花音ちゃんは私の手を離して、ぐいっと加速して。

抱きしめるみたいに両手を広げながら、くるりと振り返る。

「だからヨル！　——私のために描いてよ！」

突然振り返られて驚いて、私は足をもつれさせて、つまずいてしまう。

「うわぁあぁっ!?」

気がつき、支えようとする花音《かの》ちゃん。転ばないよう体勢を整える私。なんとか転びはしなかったものの、おっとっと、とよろめいてしまい、やがて私はぽん、と花音ちゃんに受け止められた。

「ご、ごめん……ありがと」

「……」

「うん？」

どうしてだろうか、私の感謝をスルーして、花音ちゃんの視線は黙ったまま下へ向けられていた。きょとんとその視線を追って——私は、すぐに理解した。

靴紐《くつひも》がほどけて、靴が脱げて。

——私のクラゲの靴下が、露《あら》わになっている。

「うわぁぁぁああっ！」

飛《と》び退《の》いて、反射的に靴下を手で隠した。

「ち、違うの！」

周りから『変』『かわいくない』と言われつづけていた靴下。ディスカウントストアで六割引の、不人気なはぐれもの。私の口からはつい、くせみたいに言い訳が飛び出す。

「これは……そう！　安かったから！　安かったから買ったってだけで……私は……！」

けれどどうしてだろうか。

花音《かの》ちゃんは、子供みたいに目を輝かせている。

やがて花音ちゃんは私の前にしゃがみこみ、私の頰《ほお》をぷにっと両手で雑に挟むと——

全部を肯定するみたいに、くしゃっと笑った。

「いいじゃんそれっ！　最っ高にかわいい！」

どうしてこの人はまた、私がいま一番欲しい言葉が、こんな簡単にわかるのだろうか。

ずっと言いたかった。隠していて、でも本当は好きで、だからつらくてムカついて。

だけどもう、隠すことはやめよう。

私はただ、本音を言えばいいだけなのだ。

「――ほんっと、それ！」

私は私が嫌いだった言葉を、今日だけは本音で全力で、ぶちまけるように言った。

2 めいの推しごと

本当に、勢いというのは怖い。

たしかに私の気持ちは昂《たかぶ》っていた。だからちょっとくらい熱いことを言ってしまうのもわかる。けど。

『だから私も……！　私もッ!!

――花音《かの》ちゃんのそばにいたら、輝けるかな!?』

「……っ！」

仰向けになっていた自分の部屋のベッドから、焦って起き上がる。

「わ～～っ、私なにイタいこと言っちゃってるの～～～!?」

枕《まくら》を抱きしめたりバンバン叩《たた》いたり、ベッドの上をごろごろ転げ回ったりしながら、私は叫んでしまう。

「恥ずかしい恥ずかしい〜〜〜〜っ！」

　ジタバタしていると、不意にドアが開く。

「お姉ちゃん、うるさい！」

「勝手にドア開けないで！」

　たしかにぎゃーぎゃー騒いでいる私も悪いけど、かといって華の女子高生の部屋のドアを勝手に開けるのはもっとよくないはずだ。

「なに恥ずかしいって。高二にもなって中二病でも発症した？」

「小五が高二を語るなっ！」

　言いながらクッションを投げる。しかし佳歩《かほ》はそれをキャッチして、無言で投げ返してきた。

「ぐえっ」

　顔にクリーンヒットする。どうやら今日の姉は弱いみたいです。

「……お姉ちゃん、イラストまた始めたの？」

「え？」

　言われて佳歩の視線を追うと、それは私の机の上にあるタブレットに向けられていた。画面には花音ちゃんをモデルに擬人化したクラゲのキャラクター、JELEE《ジェリー》ちゃん（仮）のラフが表示されている。

しかし参ったな、絵をやめて数年、これまでまったく再開する素振りを見せていなかった私がまた絵を描きはじめたことがバレるのは、なんとなくこう、気恥ずかしさみたいなのがある。理由はわからないけど。

「……わるい？」

そんなわけで私は、なんかぶっきらぼうに素直じゃないリアクションをしてしまう。

「え。まあ、悪くはないけど……」

佳歩《かほ》は言いかけたセリフを止めると、

「……ま、人生別れもあれば、出会いもあるってことだねぇ」

からかうように言いながら、部屋のドアを閉じていく。

「佳歩、そういうのどこで覚えてくるの？」

いつも芝居掛かったことを言ってくる佳歩は、普段どんな動画とか漫画を見てるんだろうか。私の言葉が届いてか届かずか、ぱたんとドアが完全に閉まった。

はあ、と息をつきながらも私は、

「……よし」

机の前に座って、タブレットと向き合いはじめた。

＊＊＊

その日のお昼。

「い、いらっしゃいませ〜！」

私は渋谷《しぶや》にあるカフェバーで、花音《かの》ちゃんと一緒にバイトをしていた。もともと花音ちゃんが働いていたお店らしく、木目を基調とした自然派な雰囲気で、わりとカジュアルに働きやすい。黒と白のツートーンになった制服を着て、紹介してもらった私は研修中の名札をつけているんだけど、それが幼稚園の名札みたいになっているのがちょっと恥ずかしかった。こういうお店のノリってやつだろう。

いまいるのは女性客が四人ほどで、花音ちゃんも接客している。

「あ、私もキャストドリンクいいですか⁉　えーっと、どれが高いんだっけ……」

「値段で選ばないで⁉」

バーカウンターの向こうからお客さんにフランクに対応する花音ちゃんをうわー、自由だなあ……と思いながらも、私は洗い場で粛々とコップを洗う。どうやら花音ちゃんのお姉さんがここの店長と知り合いらしく、かなり自由に働かさせてもらっている、とのことだった。たしかに自由ですね。

「ヨルも私みたいに早く慣れるようにね！」

「うん。私なりにがんばるね」

私はそんな花音《かの》ちゃんのペースに巻き込まれすぎないよう、きゅっと兜《かぶと》の緒を締めた。


数時間後。事務室。

休憩となった私は花音ちゃんに、描いてきたイラストを見せている。

「ど……どうでしょうか?」

「おお～!」

花音ちゃんは目を輝かせてタブレットに顔を寄せる。

「すっごくいい! 私の好きなヨルの絵だよ!」

「あ、ありがと……。まあまだラフ段階だけど……」

なんかまた真《ま》っ直《す》ぐ褒められた照れ隠しに、ラフだけど、みたいな謎《なぞ》の遠慮を付け足してしまう。やっぱりまだ慣れないなあこういうの。

「おおっ!? ラフとかなんかプロっぽいこと言っちゃってー!」

「そんな難しい言葉じゃないんだけどな……」

けれどニコニコ楽しそうにしている花音ちゃんの言葉はやっぱり、素直に嬉《うれ》しかった。

鼻歌を歌いながら花音ちゃんは、自分のロッカーに入っているトートバッグから、手帳を取り出した。手帳はすごく普通なんだけどトートバッグがすごく個性的で、思わず視線が吸い込まれる。犬とタヌキのあいだみたいな水色の体から紫色の耳が生えていて、ハート形の眼帯をしている謎のキャラクターがプリントされているバッグだ。なんだあれ。

「これなら間に合いそうだね！」

「間に合うって？」

バッグに吸い込まれた視線を戻しながら聞き返すと、花音ちゃんは手帳を開いて堂々と胸を張った。

「それでは、JELEE《ジェリー》初のオリジナル曲の制作スケジュールを発表します！」

高らかに宣言している。

「十一月十日、激エモ歌詞が完成！　十一月十七日、最強イラスト爆誕！」

「十七日？」

当然のように言っているけれど、えげつないことを言っている。だっていまは十一月五日だ。二週間足らずでＭＶ用のイラストを完成させるなんて、まあそんな経験がないから相場はわからないけど、それでも厳しいってわかる。

「え。無理だよ、文化祭の準備とかあるし！」

「十一月某日、神曲が堂々降臨！」

「某日？」

雲行きが怪しくなってきた。

「そして某月某日なるはやで、超やばいMVが完成！　すっごくバズる！」

「どんどんアバウトになってる……」

「う……そ、そうだけど！」

花音《かの》ちゃんはしゅんとしている。

「そもそも十一月に神曲って……誰が作るの？」

「そりゃあ私に決まってるじゃん！」

「え、花音ちゃん作れるの？」

「もちろん！」

するとと花音ちゃんは、さっきの変なデザインのトートバッグから、今度は一冊の本を出した。

「徹夜で勉強するね！」

花音ちゃんの手には『ギャルでもできる！　作曲入門』と書かれた胡散臭《うさんくさ》い本が握られていた。帯には「ギャル感激！　こんな私でも曲が作れました！」とか書かれていて、そんなわけわからない本どこで売ってるんだ。ギャル感激！　って具体的には誰なんだ。

「……他にできる人、探そっか」

「ひどい!?」

ひどいのはそっちです、と言いたくなるのをぐっと堪《こら》えて、私は今後のことに思いを馳《は》せる。

「は〜〜っ！　この先大丈夫かな……」

あのときの勢いで始まったこの計画。しかしなんというか、花音ちゃんのなかでも思った以上に見切り発車だったのかもしれない。

「……あのさ」

花音ちゃんが不安げに、私の顔を覗《のぞ》き込んでいた。

「ん？」

「私、突っ走りすぎてたりする……？」

その表情はまるで捨てられることに怯《おび》える子犬かなにかみたいで。散々強くて輝いた姿を見せておいてそれはズルい。私がなんとかしないとって思わされてしまう。あれ？　なんか私かなり振り回されてます？

「……いいよ、乗りかかった船だもん。……花音ちゃんの歌に絵をつけてみたいってのはまあ、事実ではあるし」

仕方ないなあ、みたいな気持ちで言う。

けど、言っていることに、嘘《うそ》はなかった。

「うぅ……ヨルー!!　ありがとー！　愛してるー！」

花音ちゃんは勢いよく私に抱きついてきて、私は「はいはい、それはどうも」とか言いながらそれを受け入れていると、

「二人とも、休憩そろそろ――」

ばたん、と突如開いたドアの向こうには、店長が立っていた。

「なにやってんだ、きみたち」

＊＊＊

カフェ営業を終えた私たちは、内装をバー営業のものへと切り替えながら、今後の話の続きをしていた。

「まあ作曲はなんとか……なってないけど。……あとは機材だよねえ」

「うん。まあ音にはこだわりたいから……」

花音《かの》ちゃんは唸《うな》りながらスマホの画面を睨《にら》んでいる。覗《のぞ》き込むと、NEUMANNとかいうメーカーのマイクが一覧で表示されていて、そこには一五万〜九〇万円くらいのマイクがずらりと並んでいた。なるほどなるほど。

私は花音ちゃんのスマホをそっと、画面を下にして机の上に置く。

「ヨル先生の次回作にご期待ください」

「終わった!?」

「だってさすがにこれは値段が……」

「けど待って！　しかたない……かくなる上は、秘密兵器を……！」

「秘密兵器？」

花音ちゃんはそそくさと休憩室からあの変なデザインのトートバッグを持ってきて、そこから箱みたいな物を取り出す。

「じゃ〜〜ん！」

言いながら、花音ちゃんはそれをレジの横に置いた。

「……JELEE《ジエリー》応援ＢＯＸ？」

恐らく段ボールに紙をたくさん貼り付けただけのめちゃくちゃお手製の箱に、デカデカと手書きでそう書かれている。その下には『いただいたお金は全て機材の購入資金にします！』とかメッセージが書いてあって、私は頭を抱えた。

「花音ちゃんってもしかして、すっごくバカ……？」

もしかして花音ちゃん、こっちが本性なのだろうか。

「わかんないじゃん！　私たちの才能に気づいた大金持ちがいきなりさ」

「そんなわけないでしょ……っていうかこんなの店長さんに怒られるって」

「なんとかなるって！」

と、そのとき。

お店のドアが、ガチャリと開いた。

「あ、すみません、バー営業は十七時からで——」

紫色の上着を羽織った少女。私の言葉を無視して堂々と、けれどどこか上品かつ静かに歩いてきたその子は。

当然みたいに、ばさりと札束をJELEE《ジェリー》応援BOXに入れた。

「うぇえ!?」

私は驚いて声をあげてしまう。目線を上げるとそこには背が高く、前髪をパッツンにした黒髪美少女が、じっと花音《かの》ちゃんを見つめていた。花音ちゃんは……お金に釘付《くぎづ》けになっている。

「いち、にい……じゅ、一〇万円!?」

そしてその少女はふぁさりと髪の毛を払うともう一度、私と花音ちゃんを睨《にら》みつけた。

「——推しごとをしにきました」

「……お仕事?」

私はきょとんと、首を傾《かし》げた。

＊＊＊

「サンドー時代の……花音ちゃんのファン?」

黒髪少女はカウンターに座ってオレンジジュースをストローで飲んでいる。ハート形に曲がったストローがささってるドリンクをめちゃくちゃ澄ました表情で飲んでいるのが、なんだかギャップがあって面白い。

「はい」

黒髪少女は力強く断言する。

「CDもDVDも全部持ってます。——各、五枚ずつ」

それが常識、そうしないものは須《すべから》く悪であるみたいな口ぶりは、なんだか硬く不器用な印象だ。

「そうなんだ！　ありがとね！」

花音ちゃんはすごく柔らかく対応しているけど、こういうのに慣れてるんだろうか。でもたしかにアイドルって濃いファンとか一杯いそうだもんね。

「……けど、どうしてここが？」

私が尋ねると、黒髪少女はおもむろにスマホを取り出し、なにやら生配信の切り抜き動画みたいなものを私たちに突きつけてきた。

「これ……」

それはあのハロウィンの日、アイドルのみー子さんという人のライブに乱入したときの花音ちゃんの映像だった。私もバッチリ映っていて恥ずかしい。

「声を聞いて、もしかしてと思いました。けど、歌い方も違ったし、確信は持てませんでした。でも……ここです！」

黒髪少女は勢いよく、動画に映っている花音《かの》ちゃんの横顔にズームインした。カボチャの仮面の隙間《すきま》から、ほんの少しだけ花音ちゃんの鼻が映り込んでいる。

「このフェイスライン、すっと通った鼻筋。このクレオパトラのような顔の良さはののたんしかいません！」

ドヤッと言う黒髪少女だけど、どうしよう、私もちょっとわかってしまった……。

花音ちゃんはさすがに、こわ……と怯《おび》えた感じで見ている。

「あとはののたんのドジっ子属性のおかげですっ」

なぜかちょっとご機嫌に言う黒髪少女は、今度はJELEE《ジエリー》のXアカウントを表示する。そこには花音ちゃんが今日から二人でがんばるぞ、みたいな文面とともに画像を貼り付けているポストが表示されていて——よく見ると。

「特定ってこうやるんだ……」

私はこのお店のコースターを手に取って、黒髪少女のスマホの画面と並べる。

花音ちゃんの投稿した写真に映り込んでいたのは、私たちのバイト先で使われているオリジナルコースターだった。かなりズームしないとわからないくらいだったんだけどよく見つけたね、って思う。

黒髪少女がアプリを閉じると、画面がホームに戻る。そこで一瞬見えたのは、黒髪の少女と赤髪の少女のツーショットだった。黒髪の子の髪型がこの子と一緒だったからおそらく本人だとして、赤髪の子は誰なんだろう、と少し気になった。花音ちゃん推しならどうして別の子と……？

私がきょとんとしていると、そこで花音ちゃんが喋《しゃべ》り出す。

「あの、応援は嬉《うれ》しいんだけど……もう引退したわけだし、特定とかはその……」

「……認めません」

「え？」

黒髪少女はバーカウンターを両手で勢いよく叩《たた》いて、身を乗り出してきた。

「私は認めません！」

み、認めない？

「ののたんはいつまでもサンドーで歌いつづけるんです!!」

駄々をこねる子供のように、どこかヒステリックに叫ぶ。顔が私の顔と数センチギリギリまで迫って、けれどそんなの気にせずにまくし立てた。

「金髪じゃなくて黒髪清楚《せいそ》で、前髪は重ためのパッツンでストロベリーの香り!!　こんなに足も出した服なんて絶対に着ません!!」

　髪に触れたと思ったらくるりと回って、今度はこの世の終わりみたいに顔を覆って、なんか感情大爆発って感じで大騒ぎだ。

「ののたんの腕と足は人を魅了するためにあるんです!!　歌って踊る以外の労働なんてののたんに相応《ふさわ》しくありません!!　私が援助するのでバイトもやめてください!!」

　地団駄を踏んで、涙目で見つめて、十数秒の出来事なのに百面相を見ている気分になる。

「太陽には太陽の、庶民には庶民の居場所があるんです!!　ののたんがこんなところにいるなんて!!」

　そして、トドメにこんなことを言った。


「――解釈違いですっ！」


　なるほどなるほど、そこで私はハッキリと理解していた。

「厄介オタクだ!?」

　黒髪少女は私をキッと睨《にら》みつける。

「あなたがののたんをそそのかした黒幕ですか!?　それとも痛いファンですか!?」

「それあなたに言われるの!?」

かの有名な厄介オタクってやつだ。生で見るのは初めてだからちょっといいものを見たって気持ちになる。こんなことを言われて花音《かの》ちゃんはどんな反応をするんだろう。とか思っていたら。

「あれ？」

──さっき見た花音ちゃんのトートバッグを、その子が持っていることに気がつく。

「……花音ちゃんのバッグ盗られてる⁉」

「え⁉」

はっと花音ちゃんも黒髪少女を見た。

「ち、違います！　これは私のです！」

黒髪少女は両手で守るようにトートバッグを抱きしめる。けど、それはどう考えても花音ちゃんのものだ。犬とタヌキのあいだみたいな水色の体から紫色の耳が生えていて、ハート形の眼帯をしている謎《なぞ》のキャラクターがプリントされている。インパクトが強すぎて見間違えようがない。

「でもこんな変なデザイン普通は──」

言いかけると、花音ちゃんがぱあっと嬉《うれ》しそうに、

「これ、私のデザインした限定のノベルティバッグ！」

「え⁉」

まずい、人のデザインを変だとか、失言をしてしまった。なんか勢いであんまり気にされてない感じだからこのまま乗り切りたい。

「私のは……ある」

花音ちゃんのバッグは取り出した応援ＢＯＸのそばにちゃんと置いてあった。

「だから私のなんです！　抽選外れたので、メルカリで買ったんです！」

「メルカリで!?　結構プレミアついてなかった!?」

「関係ありません！　推しですから！」

黒髪少女は二つのバッグを手に取りながら、嬉しそうに言う。

「世界に十個のうちの二つが揃《そろ》うなんて……！」

花音ちゃんと黒髪少女の問答を聞いていて、だんだん話が読めてきた。

となると……こっちは一体どういうことなんだろう。

「けど、このお金は？」

私が黒髪少女がボックスに入れた一〇万円を指さすと、

「私からの愛の貢ぎです。ののたんがまた立ち上がるための準備金にしてください」

「でも、バッグにも大金使ったんじゃ……」

私が問うと、黒髪少女は迷いのない真《ま》っ直《す》ぐな目で頷《うなず》く。

「はい。だけどあれは、本来ののたんに行くべきお金なんです。私は転売ヤーじゃなくて、推しに貢ぎたかったので」

「ファンの鑑《かがみ》だ⁉」

私はその気高い推し心に感服してしまった。私もゆこちがコラボしてたファンデとかが買えなかったときに転売ヤーに苦しめられた経験があるからわかる。これを買ってもゆこちにはお金が入らない。そう思うとポチる指が止まるというものだ。

「けどこんなに……本当にいいの？」

「はい！」

花音《かの》ちゃんが確認すると、黒髪少女は嬉《うれ》しそうに頷《うなず》いた。

「ののたんはスーパーアイドルなんですから、サンドーにいるべきなんです！」

ふっと、息を吐く音が聞こえた。

隣にいる花音ちゃんを見ると、どこか冷たさすら感じる無表情で、黒髪少女の話を聞いていた。

「だからののたん！　こんなところで燻《くすぶ》ってないで、もう一度みんなと同じ舞台に――」

「……」

花音ちゃんはボックスに入った一〇万円を手に取ると、無言で黒髪少女の胸に押し付けた。

「え……」

「いらない」

「ど、どうして……！」

狼狽《うろた》える黒髪少女を、花音ちゃんはじっと見据える。

「これは『橘《たちばな》ののか』のためのお金でしょ？　だったら受け取れない」

黒髪少女がぼんやりしたままそのお金を受け取ると、花音ちゃんはその手を下ろす。

「残念だけどいまの私は、山ノ内《やまのうち》花音なんだ」

「っ！」

花音ちゃんの言葉に動揺を隠せない黒髪少女は、やがて唇を強く噛《か》んで。

「……嘘《うそ》つき！」

黒髪少女は意味深な言葉を残して、トートバッグを持って駆け出していった。花音ちゃんはその後ろ姿を、真剣な表情でじっと見つめていた。

＊＊＊

数分後。

「……受け取っとけば良かったーっ！」

休憩室で花音ちゃんがすっごく後悔している。

「情緒がすごい……」

「だって一〇万って言ったら……私たちの時給が一二〇〇円でしょ？　一日四時間としたら……」

「そういう計算しない」

言いながら私は花音《かの》ちゃんのおでこをチョップする。あれ？　なんか私、花音ちゃんに対応するときの感じがだんだん佳歩《かほ》とのときに似てきてる？

「……まあ、いいんじゃない？　確かに一〇万円は惜しかったけど——あのときの花音ちゃん、かっこよかったし」

まあ、いまはかっこ悪いけど……。

とか実は思ってしまったのだけれど、花音ちゃんは現金なことに、けろっとして「そ？」とか言いながら嬉《うれ》しそうにしていた。

「……そーいうことなら一〇万は諦《あきら》めて、地道にがんばりますかっ！」

言いながらピース。気楽なものである。

「……」

なんか、だんだん花音ちゃんの本性がわかってきたかもしれない。渋谷《しぶや》の街を歩いていたときは、かっこよくてカリスマ性があって輝いてて、そんな印象ばっかりあったけど。

本当はすっごくバカなのかもしれない。

「〜♪」

なんか鼻歌とかまで歌ってて、そうですか元気でよかったです。

「……ん？」

花音ちゃんがトートバッグを手に取りながら、声を漏らした。

「どうしたの？」

私が尋ねると、花音ちゃんはすっごく焦った表情で、青ざめながら目を見開いた。

「……あ――――っ！」

＊＊＊

それからバイトを終えた私たちは、同じ電車で帰宅する。

「持っていかれたときに気付けばよかった……」

まったく同じデザインのバッグを使っていた黒髪少女と花音ちゃん。あの子が叫びながら飛び出していったとき、バッグを取り違えて持っていってしまっていたのだ。

だからここにあるのは黒髪少女のバッグで、おそらくあの子がいま、花音ちゃんのバッグを持っている。着てきていた青いトラックジャケットはバッグに入れてあったらしく、花音ちゃんは十一月にしては寒そうな格好をしている。休憩中に見せて貰《もら》った手帳や財布などもバッグのなからしく、いまの花音ちゃんは携帯やそれにつなげっぱなしになっていたイヤホンなど、モバイル機器の一部しか持っていない状態だ。

「気づいて連絡してくるでしょ。……バイト先も特定してきたくらいだし」

「それ信用できる……？　なにか手がかり……」

言いながら、花音《かの》ちゃんはバッグの中を漁《あさ》りはじめた。

「勝手に漁って大丈夫？　やばいもの出てきたら……それこそ盗撮とか盗聴とか……」

「あ」

ぱっと取り出した花音ちゃんの手のなかには、ＩＣレコーダーがあった。

「「わ――――っ⁉」」

声を合わせて、叫んでしまった。


数分後。

盗聴されていないかの確認のため、花音ちゃんのイヤホンをつないでＩＣレコーダーの中身を確認して、私たちは驚いていた。

「これって……」

「うん」

流れているのは花音ちゃんがアイドル時代に作詞した『カラフルムーンライト』。おそらくはその、ピアノアレンジだ。

「かなり本格的……」

私は驚きながらつぶやく。

「これを、あの子が……ってことだよね」

花音ちゃんも驚いているようだ。

私が聞いても上手《うま》いとわかるレベルなのだ。きっと相当技術が高いのだろう。見た感じ、そこまで年齢は変わらないようだったけど。

二人でしばらく聴き入っていると、花音ちゃんはがくっとうなだれた。

「あーもう、私ダメだなあ……」

「……ダメって？」

花音ちゃんは過去を回想するみたいに、寂しげな表情で窓の外を眺めた。

「あの子、こんなに本気で好きでいてくれてたのに、冷たく対応しちゃって。アイドル失格だよ」

「……もう、アイドルは辞めたんじゃないの？」

「そうだけど！　……そうだけど」

いじける子供みたいに、花音ちゃんは続ける。

「ファンを大切にしたいって気持ちは、いまも変わってないっていうか……」

その言葉は、なんだか私にとって心地よかった。

「なんか、花音《かの》ちゃんって感じだね」

「なにそれ。そりゃ花音ちゃんだもん」

「そうだった」

くすっと笑うと、私はちょっと愉快になる。今日はたまにバカだなーって思ったりもしたけど、こういうところは最初のイメージと変わらない。

花音ちゃんがICレコーダーのボタンを押すと、別の録音が流れ出した。同じくピアノによる演奏で、しばらく聞いてみたけど、私には聞き覚えがない曲だった。

「これもサンドーの曲？」

「いや……わからない。けど――」

花音ちゃんは目をつぶって、しばらく黙る。集中してその曲に聴き入っている横顔は、やっぱり綺麗《きれい》で。


「lalala――」


不意に花音ちゃんが、流れている演奏に合わせて、メロディを口ずさんだ。

そのメロディや声色が、イヤホンから流れているピアノの音色と合わさって、一つになる。

「いまの、すごく……いい感じだった。……知ってる曲なの？」

花音ちゃんは真剣な表情を崩さないで、バッグの中から学生証を取り上げて眺める。

「ううん。けど、……これ」

「あ……」

花音ちゃんに見せられた学生証。

そこにはあの黒髪少女の写真とともに、音大附属高校の名前が書かれていた。私でも知っているような、超一流の学校だ。

「ってことは、もしかしてさ」

花音ちゃんの言っていることの意味はわかった。

もしかすると作曲家を探していた私たちにとっては、運命的な出会いかもしれない。

「高梨《たかなし》・キム・アヌーク・めい。……ハーフの子かな?」

めいちゃんって名前なのか。私が言うと、花音ちゃんも首を捻《ひね》る。

「どうだろう……でもたしかに背も高いし目鼻立ちも――ん?」

自分が言った言葉になにか引っかかったように、花音ちゃんはまた首を捻った。

「……私、やっぱりあの子ともう一回話したい。この曲のこともそうだし……いろんなこと、確かめないといけない気がしてきた」

こうしてしたいことを見つけた花音ちゃんは、やっぱり渋谷《しぶや》で出会ったときのかっこいい花音ちゃんで。

「けど、話してくれるかな？　昔の花音《かの》ちゃんしか勝たん、って感じだったけど……」

「わかんない。けど……」

私が引き寄せられた引力は、こういう強さなんだと思った。

「私が、話したいんだ」

＊＊＊

翌日の放課後。

私が学生証で見た有名音大の附属校の校門の前に到着すると、そこにはもう花音ちゃんがいた。

「おつかれ〜って、ヨル先生の制服姿!?　これは激レア！」

「おつかれ。制服は週五で着てます」

花音ちゃんの適当な感想をさらっと流すと、私は花音ちゃんの服装をまじまじと見る。花音ちゃんはその学校名が正しいかを確かめているのだろうか、めいちゃんの学生証を片手に、正門のプレートと見比べている。

「そういう花音ちゃんは……」

ワイシャツにネクタイ、スカートまでは制服っぽいんだけど、その上には白地に青ラインの入ったトラックジャケットのようなものを着ていて、めちゃくちゃ着崩した制服って感じだ。ていうか結構目立っている。

「あんまり……待ち伏せには向かないね？」

「あはは、まあ私、あんまり学校行ってないし――」

「え――」

と、私が声を発しかけたとき。

「おい高梨《たかなし》！　服装が乱れてるぞ！」

覚えのある名前が耳に入る。

花音ちゃんが学生証を出して二人で確認する。そこには『高梨・キム・アヌーク・めい』と書いてあった。

私は花音ちゃんと顔を見合わせて、正門の格子の隙間《すきま》からなかをのぞき見る。

「あんなに優等生だったのに、一体なにが……今日の試験まではちゃんとしろよ！」

そこでは教師らしき人物がなにかに絶望していて――その視線の先には。

花音ちゃんの青いトラックジャケットを着た、めいちゃんがいた。

「なんか着てるー!?」

私がつい声を出して驚いてしまうと、それに気がついためいちゃんがこちらを見て、わたわたと焦りはじめた。

＊＊＊

十数分後。

「ごめんなさい！」

私たちは学校の近くにあるファミレスへ向かい、めいちゃんからジャケットを返還されていた。謝るくらいなら最初から……とか思ったけどそれは言わないでおこう。

「ま、返してくれればいいけどさっ！」

花音《かの》ちゃんはめいちゃんからジャケットを受け取りながら、軽い口調で言う。私はとりあえずなにか頼まないと、ということで注文したアスパラサラダを食べながら話を聞いている。

「それでね、実はあなたに聞きたいことが――」

「あの！　これって、現役時代も着てた服ですよね!?」

花音ちゃんの言葉を遮って、めいちゃんが興奮気味に言う。

「え。まあ……結構昔から着てるけど……」

するとめいちゃんは目を輝かせて、

「やっぱり!!　アイドルステーションにサンドーが四回目に出たときにののたんがこれを着てて、確かそのときメロちゃんが振りを間違えそうになったのを、ののたんがフォローしたんですよ!!　そのとき私は、ののたんって歌って踊れるだけじゃなくて周りのことも見える本当の意味でのアイドルなんだなあって思って、それ思い出したら気がついたら着てて――」

「いや着ててじゃないよ!?」

珍しく圧倒された様子の花音ちゃんを見ながら、私は思っていた。

私たち、やっぱ来ないほうがよかったかな？

「……あのさ！　そんなことより、これ！」

花音ちゃんはめいちゃんの圧に負けじと話題を展開しはじめた。いけいけがんばれ。

はあはあと息の荒いめいちゃんに、花音ちゃんがＩＣレコーダーを差し出す。

「ね、ここに入ってた曲って……」

「っ！」

電車で一緒に聴いて、花音ちゃんがなにかを口ずさんだ曲。花音ちゃんがそれを流すと、めいちゃんはびくっと肩をふるわせた。

「私のオリジナル曲……ですけど」

「やっぱり！」

「へえ……」

横で聞きつつも、私は感心していた。もしかしたらそうかもしれない、と思ってはいたものの、本当にそうだったんだ。けど口を挟む余地はなさそうなので私は黙ったまま、アスパラに温玉をちびちびつけて食べている。

「実は私、あの曲すっごく気に入って！」

するとめいちゃんは、子犬のように体を大きく震わせる。なんかすごく嬉《うれ》しそうだ。

「私たちJELEE《ジエリー》がやってることは知ってるよね？」

「はい。渋谷《しぶや》のゲリラライブから始まって、クラゲを模した匿名アーティストとして、動画サイトに歌を出していくんですよね？」

「把握がすごい……」

私は思わず口を挟んでしまった。花音《かの》ちゃんはぱあっと前向きに笑う。

「じゃあ話が早い！　めいちゃん、私たちJELEEの曲を作ってくれない!?」

私はアスパラをくわえたまま、またもなりゆきを窺《うかが》うことにした。

めいちゃんは一瞬嬉しそうに口を開けたり頰《ほお》を緩めたりしたけれど、ぐっと表情を作り直す。

「それは……誰が歌うんですか？」

「え？　そりゃあ私に決まってるじゃん」

「私っていうのは——誰ですか？」

ぐっと芯《しん》に迫るような質問。花音ちゃんは一瞬身じろぎしたように見えたけれど、すぐに自信満々に、真《ま》っ直《す》ぐ視線を返した。

「山ノ内《やまのうち》花音だよ。JELEEのボーカル、山ノ内花音が歌う」

「けど、私はののたんに——」

「ごめん」

花音ちゃんは静かに、言葉を遮った。

「橘《たちばな》ののかはもう、いないんだ」

「っ！」

めいちゃんは失望したように、花音ちゃんから目を逸《そ》らす。

「……そうですか」

言うと、すっと立ち上がった。

「私が作った曲を山ノ内さんが歌うのは——解釈違いです」

その言葉に花音《かの》ちゃんは、返す言葉がないみたいだった。

「ご期待に沿えなくてごめんなさい。山ノ内《やまのうち》さんも、マネージャーさんも」

「マネージャーじゃないよ!?」

「時間です。……これから試験なので、失礼します」

言いながら、めいちゃんがスマートフォンの画面で時刻を確認したとき。

気になっていたものが、今度はハッキリと見えた。

黒髪少女と、赤髪少女のツーショット。

それは最初にバイト先でめいちゃんと会ったときにも見えて、違和感があったもの。私はあのとき、あの写真は黒髪のめいちゃんと謎《なぞ》の赤髪少女だと思っていたけれど——もしかして。

そのままめいちゃんは今度はきちんとめいちゃんのほうのバッグを手に取ると、お店を去っていく。

「あー！　これ、返しそびれた」

花音ちゃんはポケットにしまっていた、学生証を取り出していた。

そこで、私は閃《ひらめ》く。

「……ね、花音ちゃん、それちょっと貸して？」

「え？　はい」

私は花音ちゃんからそれを受け取ると、スマートフォンを取り出して、学生証の顔写真の部分を撮影した。

「なにしてるの？」

めいちゃんの待ち受けの女の子。バーで見たときにはめいちゃんと赤髪の女の子が写っているように見えたけれど。

もしかしたら――逆なのかもしれない。

私は撮影された学生証のめいちゃんの写真を、得意の写真加工アプリで加工する。

「……この子、見覚えない？」

私がいじったのはめいちゃんの髪の色。

赤髪になっためいちゃんの姿が、私のスマホには表示されている。

「……っ！　この子！」


思えば私はいつから、一人ぼっちだったのでしょうか。

いえ、ひょっとすると、生まれたときからそうなる運命だったのかもしれません。この日本という国に、高梨《たかなし》・キム・アヌーク・めいというミックスとして生まれて。燃えるように赤い髪を持っているわりに引っ込み思案な私は、いつでも生きづらい時間を過ごしていました。

「あ、あの……」

中学二年生のあるとき。私は、休み時間に私の机を占拠して喋《しゃべ》っているクラスメイトの女の子、三人組を見つけます。私は机から教科書を取らないといけなかったので、三人に話しかけないといけませんでした。

「そこ、私の席……」

絞り出したような声で言うと、

「そうなの？」

「てかちょうどよかった。高梨《たかなし》さん、私と席交換してくれない？」

やや投げやりなトーンで言われてしまい、私は対応に困ります。

「え、だけど先生に……確認しないと」

「いいじゃん、この席の近く、私らが固まってるし、高梨さん気まずいでしょ」

言われて私は安心します。なんだ、私のことを気遣ってくれていたんだ。優しさに気がつくことができた私は苦手ながらに笑顔を作って、三人に向けます。優しさをくれた人には優しさで返しなさいと、いつもお母さんから言われていました。

「えっと、ありがとうございます。……気を遣ってくれなくても……大丈夫ですよ？」

けれど、私の言葉に三人は失笑しました。

「や、そういう意味じゃないんだけどな……」

「あはは。しょうがないでしょ、わりかし空気読めない系じゃん？」

言っている意味がいまいちわかりません。

ただ、きっと私がまたみんなとはズレた、変なことを言ってしまったのだろう、ということだけはわかりました。

私はいつもそうで、だから私は、一人ぼっちなのでした。

「え……ご、ごめんなさい」

作り笑顔で、媚《こ》びるように謝ります。そうすることしか、やり方がわかりませんでした。

「まあもうよくない？　行こ」

三人がすれ違いながら去っていくと、どうしてか私の心のなかには恥ずかしさやみっともなさ、情けなさのようなものが積み重なっていきます。やがて三人のうちの一人がくすくす笑うのが聞こえて、

「変な名前～」

「っ！」

明らかに、隠すことなく私に向けられた悪意。

「ちょっと聞こえるよ～」

「あの髪アリなら私も染めたいんだけどー」

「ダメだよ、あれキム専用だもん」

私みたいな空気の読めない人にもわかるくらいに、けらけらと見下した笑い。にもかかわらず、私は俯《うつむ》いてなにも言い返せなくて。握った拳《こぶし》はやがて、力なくほどけてしまいます。

けれどこんなことは、日常茶飯事で。

けれどこんなことに、心が慣れるはずはありませんでした。

＊＊＊

あるとき私は、家電量販店の電子ピアノコーナーに立ち寄っていました。

ぽーん。

ぽーん。

人差し指で適当に押すと鳴る無機質な単音は、まるで一人ぼっちの私みたいで。

ぽーん。

ぽーん。

ぽーん。

こんなところでもピアノの前だけは、私の居場所でいてくれるのかもしれない。

なんてことを思っていたときでした。

「ね～やめてよー！　私が弾いてるのー」

「あははー！」

向かいのピアノできゃっきゃと楽しそうに遊ぶ、制服を着た同い年くらいの女の子たちの声が聞こえます。どうしよう、さっきまで居場所に感じられていたここが、突然また、私に惨《みじ》めさを突きつけてくる残酷な明るさを持ちはじめて。

「……っ」

私はまた敗走するように、その場を離れました。

この世界は変わった人には不親切で、厳しくて。けれどそんな私を無条件で受け入れてほしい、なんていうのもきっと失礼なことなのです。

だったら私が、変わらないといけないのでしょうか。

そんなとき。

「みんなありがと〜！」

さっきまで聞こえていた声なんか目じゃないくらいに底抜けに明るい、まるで太陽みたいな声が、フロアの一角から聞こえました。

見ると、CD売り場の近くに『サンフラワードールズ　サイン&チェキ会』という看板が立っていました。そして――。

気付くと、私はそこにいた一人の女の子に。

目を、奪われていました。

「顔がいい……」

私はずっと、美しいものが好きで、音楽もお洋服も、美しいものに惹《ひ》かれてきました。けれど……女の子に関してもそうだったことを、私は初めて知ります。

「……」

気付くと私は引き寄せられるように、サイン&チェキ会の列に並んでいました。

＊＊＊

数十分後。前に並んでいたたくさんの人がはけて、ついに私の順番がやってきます。こんなものに参加するのは初めてだったので、一体どんなふうに会話すればいいのか、というよりも私なんて一見さんが来てしまってよかったのか、そんな不安で心臓がばくばくと高鳴っていました。

「どうもー！　ひまわりのような笑顔でみんなを引っ張る！　サンフラワードールズのリーダー！　橘《たちばな》ののかこと、ののたんです！」

なんだかすっごく長い挨拶《あいさつ》をされました。歌うみたいにテンポよく言われてしまったので、私の頭の処理が追いつきません。とりあえず、名前が『ののたん』ということだけは理解できました。

私がなにを言えばいいのかわからず無言で見つめていると、ののたんさんは再び口を開きます。

「はじめまして！　女の子だー！　すっごい嬉《うれ》しい！」

「えっと……はじめまして」

「名前なんていうの？」

「えっと、キム……」

本名を言いかけたとき、私のなかにクラスメイトの言葉が蘇《よみがえ》ります。

――『変な名前』。

私はあのとき、クラスメイトにそう言われてしまいました。

ひょっとしたら、いま私がその名前を言ったらこの女の子に嫌われてしまうかもしれない。

常識ではそんなわけないとわかっていても、私はずっと変な子だったから、その常識が間違っているかもしれない。

そう思うと、本当のことを言うのが怖かったのです。

「きむ、木村《きむら》です！」

私の口から飛び出したのは、冗談みたいにくだらない、作り物の名前でした。

「木村《きむら》ちゃんね、よろしく！　ていうかさ！」

キラキラした目で私を見つめます。

「背も高いし、髪もオシャレだし、顔も整ってるし、何者!?　木村ちゃん、わたしがいままで見た女の子で、一番かわいい！」

滝みたいな勢いで浴びせられる肯定の言葉。けれど私はどうしてか素直になれずに、信じることができなくて、赤面しつつ、むすっと目を逸《そ》らしてしまいます。

「……それ、みんなに言ってるんでしょ」

「かわいくないこと言われた!?」

かわいくない、私もそう思います。きっと私とは違う普通の人は、クラスのみんなは。こうして褒められたらもっと素直に喜んだり、感謝したりできるのでしょう。

「だ、だって私、このせいでいろいろ言われるし……友達もいないし……」

コンプレックスのことを話している私の声は、どんどんと小さくなってしまいます。しかしどうしてでしょうか、ののたんさんは、嬉《うれ》しそうに両手を合わせて目を輝かせました。

「木村ちゃん友達いないの!?」

「え……は、はい。……なんでそんなに嬉しそうに……？」

「だってわたしも、友達いないからっ！」

ののたんさんは、びしっと親指を立てて言います。

「え！　……そんなに顔がいいのに？」

「それ関係なくない？」

「けど、あそこにいるのは……」

近くで同じくファンに対応をしている女の子を見ながら言うと、

「あれはメンバーだって」

そしてののたんさんは眉《まゆ》をひそめると、私の耳元に口を寄せて、

「ここだけの話、わたしこのグループでちょっと浮いててさ……特にあいつとは喧嘩《けんか》ばっか」

隣のブースでファンの対応をしているツインテールの女の子を見ながら、ののたんさんは言います。

「そ、そうなんだ……」

本音を話してくれているような語り口は、なんだか私にとって心地いいものでした。

「わたしさ。小っちゃい時から毎日レッスンで、学校もあんま行けてなかったし、嫉妬《しっと》とかもあって、ずっと友達できなくて！　……でも、絶対負けないんだ」

一瞬影が落ちたその表情は、やがてけろっと笑顔に変わります。

「なーんてっ！」

どうしてでしょうか。

私はどうしようもなく、この女の子に惹《ひ》かれていました。

「わ、私も！　昔からこんなで、誰とも馴染《なじ》めなくて……ずっと、ずっと一人ぼっちで……！」

「そうなんだ？」

私が頷《うなず》くと、ののたんさんはいたずらっぽく笑って、

「それじゃわたしたち、似たもの同士だねっ！」

そのときすでに、私はその言葉と笑顔に、心を奪われていたのだと思います。

「……っ！　似たもの……」

ふひっ、と気持ち悪い笑いが漏れたのが、自分でもわかりました。

「ねえ！　木村《きむら》ちゃんはなにか、好きなものとかないの？」

「す、好きなもの……？　なんでしょう、小さい頃からピアノは続けてるけど、好きかどうかは……」

「木村ちゃんピアノ弾けるの!?」

ののたんさんは、ぱあっと明るく、前のめりに言います。

「じゃあさ、わたしいつか木村ちゃんの演奏、聞きにいくね！」

それはちょっとした軽口のつもりだったのかもしれません。

けれど、私の孤独のなかにぽとりと、光が一滴落とされたようでした。

「え……！　ほ、ほんとに!?」

「もちろん！」

ののたんさんの笑顔は、輝いています。

「だってわたしはね？　ファンを絶対に一人ぼっちにしないって、決めてるんだ！」

「っ！　……にひひ」

また私の口から、慣れない笑みが漏れました。

「だから木村ちゃんも大丈夫！　友達がいなくても、好きなものがなくても！　わたしとわたしの歌だけは、あなたを一人ぼっちにしないから！」

そしてののたんさんは、私に小指を差し出します。

「約束だよ！」

「……はい！」

私は導かれるように、ののたんさんの細くて白い指に、小指を合わせます。

「それじゃあ撮りまーす！　もう少し寄ってくださーい」

「は、はいっ！」

並んで感じる体温。

私はチェキを撮影されながら、気付くとこんなことを口走っていました。

「いま、できました！」

「え？」

「——好きなもの、いま、できました！」

そして私はその数日後、初めて訪れた渋谷《しぶや》の美容院でこう言っていました。

「高梨《たかなし》さん、どんなふうにしましょう？」

「私は……」

待ち受けにしたののたんさんの写真を、美容師さんに見せます。

鏡に映る赤髪の私。けれど私には、なりたい姿ができていました。

「私が好きなものに、なりたいです！」

＊＊＊

「高梨さん、お願いします」

音大附属のホール。過去の思い出からハッと我に返ると、私は試験会場でピアノの前に座っています。

いつもの癖で譜面台に置いていたスマートフォンの真っ暗な画面には、あの頃ののたんと同じ、黒髪ぱっつんのロングの髪型をした私が、反射して映っていました。

――『橘《たちばな》ののかはもう、いないんだ』

変わってしまったののたんが言った一言が、私の胸に響きます。

スマートフォンに触れると画面がついて、ロック画面にはあのころの黒髪ののたんと、まだ赤髪だったころの私が表示されます。

でも、そうだよね。

ののたんはもう、いないんだ。

だったらもう、卒業しないといけないよね。

私は震える手でデータフォルダを開くと、ずっと私を支えてくれていたののたんとのツーショットを長押しして、メニューを表示します。一瞬迷ってしまったけれど、私はそれをひと思いに削除しました。

消えてしまった画面にもう一度、私が映り込みます。

これで私はまた、正真正銘の一人ぼっちでした。


「大丈夫……もとに戻っただけ」

自分に言い聞かせるように言います。

だって私は、最初からそうでした。

「私はもともと、一人ぼっちで……」

小学生のころは、みんなが外で遊んでいるなか、家でピアノを弾いていて。
中学生のころは、人とは違う変な見た目を、ずっと馬鹿《ばか》にされて。
どの卒業式でも、入学式でも。黒髪の女の子だけが数百人並ぶなか。
私はずっと、たった一人だけ赤髪で。残酷な奇異の目に晒《さら》されて。
孤独に耐えて、寂しく生き抜いてきたのです。

「私はもともと――みんなとは、違うんだ……っ」

涙が零《こぼ》れだして、ピアノの鍵盤《けんばん》を濡らします。
先生たちから、また変な子だって思われてしまいます。けど、もういいんです。
だって私は本当に変な――

そのとき。

ホールのドアが、乱暴に開く音が聞こえました。

驚きながら視線を向けると、そこには山ノ内《やまのうち》さんと、マネージャーさんの姿がありま す。

「ちょっと、そんなに急がなくても」

「そうだけど、時間通りに進んでないかもでしょ。ほら」

「あ、もうめいちゃんの番……って、なんか泣いてる⁉」

自然体で会話している二人を見ながら、私は呆気《あっけ》にとられていました。二人はそのまま、中央あたりの席に座ります。

私はそんなののたんの一挙手一投足から、目が離せませんでした。

おっとっと、と椅子《いす》の足につまずきそうになるののたん。

大丈夫大丈夫、とお茶目に眉《まゆ》を上げるののたん。

照れくさそうに笑って、けれど真っ直《まっす》ぐ、私を見つめてくれるののたん。

その面影だけはやっぱり、私を救ってくれたあのときと、なにも変わらなくて――

「木村ちゃん！　ずっと忘れててごめん！」

その声は、私の意識を摑《つか》んで離しませんでした。

「けど、言ったでしょ！　私は絶対に、あなたを一人ぼっちにしないって！」


あのときと同じ笑顔で、無邪気で茶目っ気のある表情で。

私はその言葉に、呼ばれた名前に、驚いてしまいました。

だってそれは、私がまだ髪の毛を染める前、初めて会ったときに話したことで――

「ちょっと、あなたたち静かに――」

ぐしゃり、と。

ピアノの不協和音が、先生の声を握りつぶしました。

「っ!?」

遮るように、私が力強く、鍵盤《けんばん》を押し込んだのです。

「た、高梨《たかなし》……？」

胸が高鳴る、心が跳ねる。理性で抑えようとしても、頬《ほお》が緩んでしかたがありません。

なんて私は単純なんでしょう。ののたんが、私を覚えてくれていた。約束を、守ってくれた。

ただそれだけなのに、自分でも信じられないくらいに、前を向くための気力が、取り戻されていました。

どうして思い出してくれたのかはわからない。

……けど、いまはそんなことどうだっていい。


――だって！

推しが、私の演奏を聴いてくれてる！


私は課題曲の一音目の鍵盤をゆっくりと押し込むと、愛を込めて、その曲を弾きはじめます。この曲は、初めはゆっくりと弾きはじめて、後半に向けて徐々に盛り上げるのが鉄則だと、お父さんから習っていました。

けど、いまの私にそんなことができるはずがありません。

うきうきとステップを踏むみたいに弾んでいるその音色は、初めてののたんと同じ髪色に変えて、美容院から飛び出していったときの私の足取りに似ていました。

ののたんはアイドルだから、こういうところで髪を染めるのかな、そんなことを思いながら、背伸びして渋谷《しぶや》のお店で髪の毛を染めて。

世界一かわいい髪色と髪型になれた私は、美容院から出るとガラにもなく走って、宮下《みやした》パークの下のトンネルをくぐって、そこにあったクラゲみたいな絵の前で、ご機嫌にくるっと回ります。なびいたスカートはののたんが3rdシングル『SUNNY SIDE UP』のサビでターンを決めたときみたいで、ドキドキしました。

ふと目がとまった、お母さんがよく着ているハイブランドのお店のショーウィンドウ。けれど私はその商品よりもガラスに映る、ののたんみたいになれた自分にピントが合って、ついニヤけてしまいます。

その日から私はきっと、最強でした。

曲は中盤。段々と冷静さを取り戻してきた私は、重厚に、誰よりも深い愛を示すように、テンポを緩めます。その決意はまるで、私が初めてクラスのみんなに言いたいことを言えたときのもののようで。

普段通りの学校。三人の女子生徒たちがまた私の席の近くで話していたときのこと。

黒髪に染めた私に気がつくと、生徒たちは驚き、ひそひそと話しはじめます。

やっぱり孤独は感じたけれど、だけど私はもう、引き下がりたくありませんでした。

だって私のポケットの中には。

その待ち受け画面には、大好きな推しがいます。

「……そこ、私の席なので！」

慣れない言葉を言い放つ私の手は震えていて。

けれどポケットのスマートフォンをぎゅっと握ると、自然と震えは止まりました。

私はまだ私を信じることができないけれど、それでも推しみたいになりたい。そう考えるだけで、行動する勇気が湧《わ》いてきました。

その日から私はきっと、一人ぼっちじゃありませんでした。


曲も終盤。旋律は複雑に、けれど繊細になっていき、序盤のテーマをもう一度繰り返しながら、ドラマチックに展開していきます。テンポを落として、しっとりと、永遠の愛を誓うように響く静かな調べは、私がののたんと過ごしためくるめく日々を思わせます。

書店の袋を持って帰った私は、偉大な作曲家の本や楽譜だけが並ぶ本棚に、どっさりと買ってきたののたんの写真集やサンドーのピアノスコアを、うきうきで入れていきます。

そして私は、出来上がった私の神棚を見あげて、

「嗚呼《ああ》……推しと推しのコラボ！」

うっとり眺めたりしながら、私はそれから毎日、楽譜を書きました。推しとは一定の距離を保ちたいタイプのオタクになった私は、それからののたんと直接話すことはなかったけれど、楽譜のすべてには『作曲：木村《きむら》ちゃん　歌唱：ののたん』と書いて。部屋の壁にはあの出会いの日、ののたんからサインとメッセージを入れて貰《もら》ったチェキを、額縁に入れて飾って。

そこに書かれたののたん手書きのメッセージ。

『いつか有名になってわたしの曲、書いてね！』

その文面を見る度に、私は自分がピアノを弾く意味を、教えてもらえたような気持ちになっていました。


加速する演奏。楽しい。ピアノを弾くことって、こんなに楽しいことだったっけ。

細かく跳ねる旋律、音符と戯《たわむ》れるように鍵盤《けんばん》を次々弾くと、それに呼応して私の心も前向きになっていきます。

最後の音符まで辿《たど》り着き、私は気持ちを込めて、愛を込めて、一人ぼっちを振り切るように、鍵盤を押し込みました。

私が最後まで演奏し終えると、しばらくの静寂。

「……っ！」

ぱちぱちぱち。

最初に一つだけ響いた拍手の音は、椅子《いす》から立ち上がったののたんのもので。広いホールに小さく、けれど自信満々にこだまする拍手の音には、ののたんらしさがありました。

初めて出会った家電量販店。

足繁《あししげ》く通った、サンドーのライブ。

そして、ののたんの炎上を見て、一人になってしまった記憶。灰色になった毎日。

いろいろな思い出がフラッシュバックして、私の内側から涙や感情が一気に溢《あふ》れ出します。

「……ののたんっ」

私が私でいられたのはきっと、あのときもらったののたんの言葉と、約束のおかげで。

「ののたん、私ね⁉」

ステージの上で大声で叫んでいる私の声は、自分でもびっくりするくらい、涙に濡れていました。

「……ののたんのための曲、いっぱい作ったんだよ⁉」

好きって気持ちが、役に立ちたいって気持ちが。

私を私にしてくれて、ありがとうっていう気持ちが。

もう後戻りできないくらいに、零《こぼ》れていました。

「私も一緒にやりたい！　私の曲……歌ってくれる⁉」

数日後。

花音《かの》ちゃんに誘われてめいちゃんと一緒に家電量販店にやってきた私は、正式に追加メンバーを祝福していた。

「ということで、JELEE《ジエリー》新メンバーの木村《きむら》ちゃんでーす！」

花音ちゃんの紹介に、めいちゃんがすっごく緊張した様子でぺこりと頭を下げている。

「よ、よろしくお願いしますっ！　木村ちゃんこと、高梨《たかなし》・キム・アヌーク・めいですっ！」

「わ――」

調子を合わせて言いながら私は、ぱちぱちーって拍手をした。いろんなことがあったけど、とりあえず話がまとまってよかったなって思う。

しかし花音ちゃんは、ちょっと疑問があるようだった。

「めでたいけど……いまの私は解釈違いなんじゃなかったの？」

「大丈夫です！」

めいちゃんは、親指をぐっと立てながらウィンクをする。

「私、橘《たちばな》ののかと山ノ内《やまのうち》花音の両推し――つまり、ののたん箱推しになったので！」

「ののたんって箱なの？」

私がもっともな疑問を口にするけど、めいちゃんはご機嫌るんるんって感じで私をスルーして、ふむふむと顎《あご》をさすりはじめる。

「とはいえ、ビジュはあの頃が最高なんですよね……ののたん！　黒髪に戻しましょう！　私とおそろにしましょう！」

「私あっち見てくるねー」

「えぇぇぇぇっ！」

歩いていく花音《かの》ちゃんに縋《すが》るように手を伸ばすめいちゃんを、私は苦笑しながら見つめた。

「よかったね。推しと友達になれて」

「とっ、友達!?　……わわ、私と、ののたんが!?」

恐れ多い、私なんて、靴でもなめますみたいな調子で言うめいちゃんに苦笑しながらも、私は微笑《ほほえ》む。

「違う？　友達の定義って難しいけど……私にはそう見えたよ」

「そ、そんな……」

顔を赤くして、目を潤ませる。こういうところは素直でかわいいなって思う。

「ねえヨル！　これなんかどうかな？」

マイク売り場のショーケースの前に歩いていった花音ちゃんが、私に声をかけた。

「えーとね、マイクとオーディオインターフェースは最初は一万くらいのやつで十分だって、キウイちゃん言ってたよ」

「キウイちゃん？」

私が花音ちゃんのほうに歩きながら返事をすると、戸惑いと、どこか熱を持った声が、私たちの耳に届いた。

「私と推しが、友達なんて――」

見ると、めいちゃんはスマホを構えて、レンズを私たちに向けていた。花音ちゃんがにっと笑って、私たちは顔を見合わせる。二人で合わせて、いえーい、とピースをしてみせた。

「っ！」

めいちゃんは目を丸くして、私たちを見る。カメラをインカメに切り替えたのだろうか、めいちゃんはスマホの画面をこちらへ向けると私たちに背を向け、白くて長い腕を精一杯、自撮りをするように斜め上に伸ばした。

やがて鳴り響く、小さなシャッター音。

同時に、心の底から幸せそうで嬉《うれ》しそうな声が、私の耳に届いた。

「――解釈違いですっ」

切り替わったスマホの画面。そこには友達になった三人が、笑顔で写っていた。

3 渡瀬キウイ

バラをぬらす雨雫《あましずく》に、子猫のひげ。

クリーム色の子馬に、カリカリに焼いたりんごのシュトゥルーデル。

名画が歌う『私の好きなもの』はどれも詩的で美しくて、みんなが憧《あこが》れるようなかわいさに満ちている。だけど、綺麗《きれい》に整えられたようなそれらは、俺からしたら退屈だった。俺はもっとドロドロとした、人間そのものを描いたようなものが好きなんだ。

アメコミヒーローのフィギュアに、ブレイクビーツの名盤CD。

古《いにしえ》の電波系ノベルゲームに、ガロ系の不条理ギャグマンガ。

あと……ヤンヤンつけボーにチロルチョコに、チョコあ～んぱん。

俺は俺の好きなものに囲まれた部屋で、俺の好きなことをしている。

「今日の生徒会が大変でさ～、ほら、俺って来年には受験だろ？　だから引き継ぐことが多くてさぁ――」

目の前のパソコンの画面には最近俺がハマっているゲーム、エグゾプライマルのゲーム画面が表示されていて、プレイをYouTubeで配信しながら雑談をしている。いまの同接は四〇〇人くらいで、この最強VTuber竜ヶ崎《りゅうがさき》ノクスさまとしてはいつもより若干少ないけど、水曜日の夜という配信的にしょっぱい時間帯ってことを考えたら、まあ及第点ってとこだ。

「おっ！　スパチャありがとな！」

ゲーミングチェアに座り、マイクアームにつながれたコンデンサーマイクに向かって、スパチャ読みをする。画面に映っているLive2Dのアバターが、パソコンにつないだカメラが捉《とら》える俺の動きに合わせて動いた。

「えーとなになに？『ノクスが生徒会長の学校楽しそう。転校させろ』。だろ～？」

画面に流れるたくさんのコメントを読みながら、俺は座り方を変えて椅子《いす》の上で膝《ひざ》を抱える。せっかくのゲーミングチェアの意味がなくなってる気もするけど、この体勢がなんだかんだしっくりくるんだよな。

「って、うわあああ!?」

不意に、画面のなかで自キャラが襲われた。俺は本音の驚きに四割増しくらいの配信補正をかけたリアクションをしながら、後ろにのけぞる。このくらい大きく動かないと、Live2Dのキャラに上手《うま》く感情がのらなかったりするから、半分くせみたいなものだ。

「うわ、やられた……って、おっと、もうこんな時間か。そろそろ終わろうかな。明日もあるし」

画面には『まだ終わるな』とか『配信は1時からが本番』とか『チャンピオンから逃げるのか?』みたいなコメントが流れる。よしよし、いい感じで殺伐としたノリになってきていて、コメントも俺好みだ。俺はキーボードの横に置いておいた、人気アニメキャラの顔を模したペロペロチョコを一口食べながら、いつもの終わりのセリフを機嫌よく言う。

「それじゃ、――グッバイ世界!」

いくつか『おつ』『解散』『その決めゼリフいつまで言うんだ』みたいなコメントが流れるのを確認すると、俺はOBSの配信を切った。

「……ふう」

ヘッドホンを外すと、二年前にピンク色に染めた髪の毛が、少しだけ揺れた。


カフェタイムとバータイムのあいだの隙間《すきま》時間。私はお客さんのいないカフェバーで、花音《かの》ちゃんと『掃除』をしていた。

「ここで……こう!」

「こう!?」

モップを片手にターンからびしっと決める花音ちゃんに、足の下に雑巾《ぞうきん》を敷いて回っている私。なにをしているんだという感じだけど、この奇行にはきちんと理由がある。

「じゃなくて……こう！」

「こう!?」

さっきよりも重心を低くすることを意識したら、少しは安定した。私はターンのコツを摑《つか》みながら、床をピカピカにしている。

「こう！」

「こう!?」

「ちがう！　こう！」

「なにが違うの!?」

「おじゃましまーす」

そのとき。カフェバーの扉が開いて、約束の時間通りにめいちゃんがやってきた。

「おおっ、めい！　ようこそ！」

「め、めいちゃん、ちょっとそこに座っといて……！」

私たちは練習を続けながら、めいちゃんに対応する。

「JELEE《ジェリー》の会議って聞いたんですけど……掃除……しながら、ダンスですか？」

「えーと……実は、今度文化祭があるんだけど……」

ということで私は、数日前のことをめいちゃんに説明することにした。

＊＊＊

ホームルームの教室で、私はエミやサオリ、チエピたちと目配せしている。

「ほーら誰かいないのかー!?　かなり重要な役になるぞー！」

担任の村西《むらにし》先生がすごい熱量で言っている。私たちがしているのは――もとい、巻きこまれているのは、文化祭の出し物である演劇の役決めだ。クラスの出店はお化け屋敷に決まったのだけれど、体育館で行われる出し物の演劇をどうするかで、話し合いは難航していた。

黒板には『現代版・天の岩戸』と書かれていて、その下に『脚本：村西先生』と書いてある。なんか気がついたら先生が流れるように決めていて、たぶん個人的にやりたかったんだと思う。

問題は、『アマノウズメ』の役が誰になるのか、ということだった。

「これはなあ、クライマックスで面白い、変な踊りを踊る、おいしい役なんだぞ！」

「それが嫌なんだけどな……」

「ねー」

エミとサオリがくすくす笑いながら言っている。ほかのクラスメイトたちもみんな目配せをして、責任から逃れているような雰囲気だ。

まあ、普通に考えたら全校生徒の前で変な踊りを踊る役なんて、恥ずかしくてやりたくないだろう。

そう。『普通』に考えたら、『変』な踊りなんて、いやなのだ。

けど、そんな空気へのあまのじゃく精神からだろうか。

自分はあの日を境に変わったのだという、謎《なぞ》のプライドからだろうか。

私は本当に普通でいいのだろうか、みたいな気持ちが芽生えていた。

「あのぉ……」

ひょっとすると、自分もなにか変わったのだと、自分に示したかったのかもしれない。

私は絶対にしなくてもいいことを、一人で決心していた。

恐る恐るゆっくりと、けれど最後までピンと、手を挙げる。

「私……やります！」

クラスじゅうから「あのまひるが⁉」みたいな、驚きの視線が集まった。

＊＊＊

「それでバイトしながら練習してるってわけ！　元プロの私の指導のもと、ねっ」

ドヤって感じで花音《かの》ちゃんが言うけど、私は徐々に不安になってきていた。あのときは勢いで手をあげてしまったけど、もちろんダンスなんてしたことない。いまは元プロの花音《かの》ちゃんに習っているけれど、自分の運動神経のなさを突きつけられるばかりだった。

「……や、やっぱりやめとけば良かったかな……」


本番のことを思うと胃が痛くなってくる。

「そんなことないって！　とりあえずやってみるって、私はすっごく、好きだよ！」

「わあっ!?」

私は靴の下に敷いた雑巾《ぞうきん》を軸にくるくる回って、やがて勢いよく転んでしまう。

「こ、この人はすぐに好きとか言う……」

花音ちゃんはそういうところがある。めいちゃんも入り口の近くに立って、嫉妬《しっと》にあふれた目で私を見ていた。

「そ、そうですよ！　私にはまだ言ってくれたことないくせに！」

「え？　めいのことも好きだよ？」

「んぃ〜っ!?　わ、私も好きですっ！」

友情なのかファンサなのかわからない花音ちゃんの軽口に、めいちゃんはどう発音すればいいのかわからない悲鳴をあげながら発狂している。なんだこの空間……。

「あ、そうだ」

今日はJELEE《ジエリー》の会議なのだ。そんなわけで私は踊りを中断して、カウンターに置いてあるタブレットを手に取った。

「めいちゃんにも、これ」

タブレットの画面をめいちゃんに見せる。表示されているのは、昨日描きあげた、クラゲのキャラクター・JELEEちゃん（仮）だ。

「わ！　とっても素敵ですね！」

「でしょ!?　うちのヨルはできる子なの」

「本当にマネージャーじゃなかったんですね！」

「それまだ言う？」

私はめいちゃんにツッコミを入れつつも、褒められて安心していた。めいちゃんってお世辞とか言うタイプじゃなさそうだし、褒め言葉が真っ直《まっす》ぐ心に入ってくる。

そんな感じでJELEEのプロジェクトを進めながら、私と花音ちゃんは掃除をしつつ、ダンスの練習をする。なんかすごい忙しいな。

すると不意に裏口のドアが開いて、店長が入ってきた。

「おいお前ら、ちゃんと掃除してたのかー？」

「あ、はーい」

ターンを決めた花音ちゃんが返事をすると、店長は眉《まゆ》をひそめる。疑うのも当然だ。

「本当か……？」

そしてチェックするように、テーブルや床などに念入りに目をすべらせて、指先でカウンターをなぞった。

「……いや、めちゃくちゃ綺麗《きれい》だな」

私はにっと笑って、花音《かの》ちゃんと目を見合わせた。

＊＊＊

バイトから上がった私たちは、宮下《みやした》パークの階段で飲み物を飲みながら、会議の続きをしていた。ちなみに私がレモンティーで、花音ちゃんがホットラテで、めいちゃんがトマトジュースだ。普通こういうときにトマトジュースってあんまり飲まないと思うけどいいか。

「あ、あの！　これ！」

「うん？」

「わ、私からの気持ちです!!」

渡されたのはＩＣレコーダー。……と、いうことは。

「昨日……一気に書き上げた曲です。貰《もら》った歌詞に、いまののたんのことを思って、曲を合わせました」

花音ちゃんが目を輝かせる。

「聴いていい!?」

めいちゃんは赤面しつつ口を一文字に結びながら、ぶんぶん頷《うなず》く。

受け取った花音ちゃんがボタンを押すと、ICレコーダーのスピーカーから曲が流れはじめた。

「おお……本格的な演奏だ……」

細やかに刻まれるピアノの音に、跳ねるリズム。音楽のことはよくわからないけど、きっとよくできた曲なのだと思わされる説得力がある。

「すごい！　私の好きな感じ！　さすがめいい！」

「あ……わわ！　わわわわわわわわわわわわわっ」

めいちゃんはとんでもなく赤面して、人類が発声しうる限界くらいのスピードで「わ」を連呼している。

「よーっし！　あとは私が歌を収録して、MVはヨルの絵を……」

花音ちゃんは考えるように言う。

でもたしかに、この曲すごくいいなって思う。私はさっきまで掃除しながら踊っていたからか、体が勝手にICレコーダーから流れる曲に合わせて動いて、なんかちょっと控えめにステップを踏んでいた。

「ねえ、ヨル」

はっと、天啓が降りたように、花音《かの》ちゃんが私を見た。

「うん？」

「……踊らせたくない？」

「え？」

突然、なにを言っているのだろうか。

「この子、動画で踊らせたくない!?」

花音ちゃんは私のタブレットに映っているJELEE《ジエリー》ちゃん（仮）のデザインを見ながら、そんなことを言う。いやいや、まだデザインしか出来上がってないよ？

「この人はまた無茶を……ね、めいちゃん」

「踊らせたいです！」

「イエスマンだった……」

二人は結託して、目を燃やしながらやる気満々に私を見つめている。ヤバいどうしよう、なるべく集団で多数派に埋もれるように立ち回ってきた私だけど、ここだとむしろ私が少数派みたいだ。

「けど、動画を作れる人なんて──」

言いながら、私の頭に一人の人物が浮かんでいた。……はあ。

「いや、いるな……」

私が言うと、花音ちゃんとめいちゃんは、他力本願に目を輝かせていた。

宮下《みやした》パークの一角。フェンスに沿うようにずらりと延びた、細長い机のようなスペースに、私のタブレットを置く。そこにはDiscordで通話しているキウイちゃん――もとい、竜ケ崎《りゅうがさき》ノクスが映っている。

「どうもー竜ヶ崎ノクスです」

画面ではアバターが笑顔で手を振っている。

「ほ、ほんとにVTuberだ!?」

「よ、よろしくお願いします」

花音ちゃんが驚き、めいちゃんはぺこりとお辞儀をした。

「よろしくな！　きみが元アイドルの？」

「はい！　山ノ内《やまのうち》花音です！」

「あー、いいよタメ口で。っていうか、たぶん……同い年だし」

「そうなんだ？　じゃあそれで！」

さらっとタメ口を受け入れる花音ちゃん。すごく話が早い。

「っていうか……二人はどういう関係？」

花音《かの》ちゃんが私と画面を交互に見ながら言うと、キウイちゃんの動きとリンクしているらしいアバターの口が、ぱくぱくと動く。

「まあ……幼馴染《おさななじみ》だな」

そこに、私も言葉を付け加えた。

「うん。キウイちゃんは私の憧《あこが》れで、スーパーヒーローだったんだ」

「スーパーヒーロー……ですか？」

めいちゃんがきょとんと首を傾《かし》げる。

「まひる、いっつもそれ言うよな」

「だって、実際そうじゃん。あのね……」

私は得意げに、キウイちゃんのヒーローエピソードを話しはじめた。


小学校時代。男勝りなキウイちゃんが私たちの先頭に立って、五人くらいで公園で遊んでいたとき、そこに、知らない男子が数人やってきたことがあった。

「お前キウイって言うんだってー？　変な名前ー」

「ていうかここ使わせろよー」

おそらくは他校の、もしかしたら上級生かもしれない男子の襲来。どうしよう……と私たちはそわそわしたけれど、キウイちゃんだけは余裕でにっと笑っていた。

「──羨《うらや》ましいだろう！」

すべり台の一番上で、ヒーローポーズを決めて。

キウイちゃんは堂々と男子たちを見下ろしていた。

「変な名前ってことは、私は世界に一人だけってことなのである！」

「は、はあ？」

思わぬ態度に、男子たちは明らかに圧《お》されていた。

「君たちの名前はなんていうのかね？」

「な、なんだっていいだろ……！」

「知らない人に名前言っちゃいけないしっ」

「言えないか……けど俺様は何度でも言えるぞ！」

堂々と、胸を張って。

自分が最強だと信じて疑わないキウイちゃんの言葉には、無根拠な自信があって。

「渡瀬《わたせ》キウイ、渡瀬キウイ、渡瀬キウイっ！　世界の主人公の名前なり！」

キウイちゃんはすべり台を駆け下りながら叫んで、男子たちに突っ込んでいく。

「名も名乗れないものは、ここから去るがいい！」

そんな輝かしい姿に、私たちは本物のヒーローを見るみたいに憧れていた。

「……ちっ！　ぶーす！」

男子たちは、口々に捨て台詞《ぜりふ》を吐きながら去って行く。

「男女《おとこおんな》！」

「正義は勝ぁーつ！」

びしっとポーズを決める。私たちは、キウイちゃんに憧《あこが》れの視線を注いでいた。


「へー！」

花音《かの》ちゃんとめいちゃんが声を合わせて感心する。

「で、いまはVTuberやりながら、立北《たてきた》高校でも生徒会やってるんだよね」

私が補足すると、めいちゃんが驚いたように目を見開く。

「立北⁉　あの制服がかわいすぎることで有名な⁉」

「そうなの？」

私が聞き返すと、めいちゃんはスマホで情報を調べて、

「はい！　……ほら！」

制服の画像を探して見せてきた。……たしかにその制服はどこかアイドルっぽい雰囲気で。

「めいちゃんが好きそうだね……」

「はい！！！」

目をキラキラと輝かせている。この子は本当にかわいいものが好きだね。

「初めて知った……。それより、中高一貫でめちゃくちゃ進学校なことのほうが有名かな……」

私が言うと、花音ちゃんが感心したように「へー！」と声をあげる。

キウイちゃんのアバターは、満足げにうなずいていた。

「うんうん。で、そんな私に相談って？」

＊＊＊

「なるほどねえ……」

「ど、どうかな⁉」

花音ちゃんの言葉に、キウイちゃんは考えるような声を出した。

「正直……難しいなあ」

「や、やっぱり？」

「おう。ほらこれ」

キウイちゃんはDiscordの画面共有機能を使って、私のJELEE《ジエリー》ちゃんのイラストを通話画面に表示する。

「イラストの素材一枚だけで踊らせるってのは、結構厳しい。関節を動かすくらいならできるけど、踊るってなると……ほら」

キウイちゃんはJELEE《ジエリー》ちゃんの右腕の肘《ひじ》から先だけを動かしてみせる。たしかにその動きはあまり自然とは言えなくて、なんというか、カクカクした人形劇みたいだ。

「そ、そっか……」

花音《かの》ちゃんが落ち込むように言うと、

「まあ、けど。……ほっ。これ」

キウイちゃんはYouTubeのアドレスを送ってきた。

開いてみると、90年代くらいのアニメをつなぎ合わせた映像が流れはじめた。音楽もお洒落《しやれ》で、そういえば昔、こんなのをキウイちゃんに見せてもらったことがある気がする。

「なにこれ？　ファンムービー？」

花音ちゃんが尋ねると、

「んー、似たようなもんかな。実際はMADっていって、ニコニコとかでよくアップされてたやつなんだけど。私、こういう文化が好きでよく作ってたからさ」

「え!?　これあなたが作ったの!?」

「まあ、そうだな。あと大したことないけど、音楽も一応私がリミックスした」

「そうなの!?　なんでもできるんだね……」

「へへ、すごいでしょ」

「お前が自慢するな」

便乗した私にキウイちゃんがツッコミを入れる。

「でさ……キウイちゃん。もし良かったら、私たちの活動に、協力してほしいんだけど……まあ忙しいし難しいとは――」

「おう、いいぞ」

「ええ!?」

「誘っといて驚くなよ……」

ぽかんとしてしまう私を横目に、花音ちゃんは画面に向かって身を乗り出した。

「嬉《うれ》しい！　ホントに百人力だよ！　よろしくねキウイちゃん！」

そんな様子を見ながら、私は思っていた。

なんだかちょっと、意外だなって。

＊＊＊

その日の夜。

私は自分の部屋で絵を描きながら、キウイちゃんと作業通話していた。絵っていうのは喋《しゃべ》りながらでも描けるから、こうして誰かと話しながら作業できるのが私に合っている。キウイちゃんも動画のカット作業をしながら通話しているらしい。

「そうだ、送られてきた曲、聞いたぞ」

「あ、ありがとう!?」

そして私は緊張しながら「ど、どうだった……?」と聞き返す。するとキウイちゃんは少し間を開けてから、

「……これ、結構いい曲だな」

「でしょ!?」

安心する。私が作った曲ってわけじゃないのに、なんかすごく嬉《うれ》しくて、もしかしたら私はもうすでにJELEE《ジエリー》ってものに心を預けはじめてるのかもしれない。

「動画、できそう?」

「そうだな……イラスト、追加で何枚かもらうことってできるか? まあ、表情とかポーズの差分とかでもいいんだけど」

「もちろん! どのくらいあればいい?」

「まあこのくらいの尺だったら、十枚くらいあればなんとかなるかな」

「りょーかい」

「背景は……まあ、写真でいいか」

「描くーっ！」

「そうか？　じゃあ頼んだ」

私はタブレットに表示されている、JELEEちゃんの目のハイライトを微調整しながら考える。

「……けどさ、珍しいよね。キウイちゃん、生徒会にVの活動に、いろいろ忙しいわけでしょ？」

「そうだな」

「……なんでなのかな、って」

正直、らしくないなって思った。キウイちゃんのことだから花音《かの》ちゃんに頼まれたとき、私も暇じゃないいんだとか言って断ったり、なんかすごい条件を提示したりしてくるかなって思ってた。

「あの子の歌と、まひるのイラスト」

「え？」

キウイちゃんは、しれっと言う。

「すごく合うと思ったし、楽しそうだった。それ以外に理由っているか？」

「……キウイちゃん」

これもなんだからしくないなって思ったけど、キウイちゃんがそう言っている以上、疑う理由もなかった。

「……じゃ、そろそろ明日の生徒会の準備しないと。じゃあなー」

「え、あ、うん。じゃあ」

そしてぷつり、と電話が切れてしまった。

「……ふむ」

やっぱりなんだかいつものキウイちゃんじゃないというか、なにかを隠しているような雰囲気があって、私のなかにはちょっとだけ、違和感が残った。

▶

朝の六時半。

俺は昨日の夜にまひるに言ったことを思い出しながら、ため息を吐《つ》く。

『……じゃ、そろそろ明日の生徒会の準備しないと。じゃあなー』

こうして自分はいつまで、嘘《うそ》を重ねるのだろうか。

「でも、これでいい……よな」

俺は自分に言い聞かせながらも、YouTubeを開いてOBSも起動する。マイクの音量やキ

ャプチャのズレなどを最低限確認すると、『早く起きた月曜日は』というタイトルで配信を始めた。

「おーっすお前ら！　今日は早く起きすぎたから学校いく前に配信してみたわけだけど……」

視聴者がまだ集まっていなくても、常に喋《しゃべ》りつづけること。それが配信を伸ばす上での一つのコツだ。

しばらく雑談をしていると、こんな時間だというのに思ったよりも視聴者は集まって、開始数分で三〇〇人を超える。

「おいおい、お前らこんな時間なのに集まりいいなぁ!?　早起きか？」

するとコメントで『いや、むしろ夜更かしだろみんな』『Vの民の社不率なめるな』みたいなコメントが流れてきて、俺は苦笑した。

「ははは！　お前らホントに終わってるなあ。それじゃどっちが多いかアンケ取るか！

えー、『早起きした』『ずっと起きてる』……と」

俺は慣れた手つきでアンケート機能を使用すると、それをリスナーたちに表示させた。

「ハイじゃあ締め切り～……って、ずっと起きてる82％!?　今日月曜だぞ？　ニート率高すぎて草も生えん！」

けどこういうスラムみたいな空間が居心地いいんだよな。現実と違って。

俺はそこから数十分コメントと戯《たわむ》れると、

「じゃ、俺はお前らと違って学校があるから。行ってきまーす」

くっくっくと笑いながら、あえて雑に言ってやった。

「それじゃ――グッバイ世界！」

お決まりの挨拶《あいさつ》をすると、再びコメントのリアクションを確認して満足しつつ、俺は配信を切る。そして、無駄にくるくるとチェアを回してから勢いよく飛び降りると、はあ、とため息をついた。


二年前にピンクに染めた髪をぐしゃぐしゃにかきながら部屋を出て、リビングに行く。今日母親はいないらしく、家には俺一人だ。絵画教室を併設している俺の家のダイニング脇《わき》の棚には、生徒が描いたイラストや彫刻、画材などがずらりと並んでいて、初めて来た人は落ち着かないだろう。テーブルの上にはラップをかけられた朝ご飯と千円札が置いてあって、俺は思わず舌打ちをしてしまった。

「スパチャで買えるって言ってるだろ……」

声に情けなさが混じったのを自覚しながら、俺は椅子《いす》に座り、両手を合わせる。

「いただきます」

食べ終わった俺は食器を流しに持っていき洗い物をすると、リビングのソファに座って、テレビをつけた。

とはいってもなにか見たいものがあるわけではなく、朝の家に無音でいるのがなんとなく居心地が悪かっただけだ。俺はテレビの音をBGMにしながら、最近はまっているソシャゲを始めた。

画面の中でロボットがモンスターを殴る。ひたすらにレベルを上げて攻撃力を高めれば高めるほど勝率が上がるという単純な世界観とゲーム性が逆に俺好みで、俺はここ最近、配信でもらったスパチャの一部をここにつぎ込んでいた。

「——っ！　油断した」

やられても何度もプレイして、ライフがなくなると躊躇《ちゅうちょ》なく課金する。ソファでいろいろ姿勢を変え、服がめくれてへそやくびれが露《あら》わになっても俺一人だから気にしない。無駄に成長した胸のせいで肩が凝って仕方ないけど、もうそれは慣れるしかなかった。


数時間が経過した。

ソファに座ったままつけっぱなしになっていたテレビを見ると、平日お昼の情報番組が始まっていて、左上に映っている時計は十二時過ぎを示している。

……腹減ったな。

立ち上がって冷蔵庫を開けると、そこにはお酒や調味料ばかりで食料はない。ならばと確認した自分の部屋の蓋付《ふたつ》きバスケットには、チロルチョコが二つあるだけだった。

「……はあ」

俺はやむなくチロルチョコを一つ取って口に入れると、黒マスクとキャップを着用する。黒地に蛍光色のデザインが施してあるパーカを部屋着の上から着ると、眉《まゆ》をひそめながら外に出かけた。

外に出るのって、何日ぶりだっけな。


俺はコンビニでさくさくぱんだ、ねるねるねるね、ヤンヤンつけボーなどのお菓子を大量にかごに入れる。マリトッツォみたいな流行りのスイーツが目に入ったので舌打ちした。

「一万八三五円です」

「スマペイで」

アプリを起動して電子通貨で支払う。スマホの画面に映った残高は、まだ二十数万ほどあった。

「ありがとうございましたー」

お菓子だらけの大量の荷物を持ってコンビニを出ると、俺は前を見てビクッと肩を震わせてしまう。

帰り道のほうから、同じ高校の制服を着た集団が歩いてきていたのだ。

「え……?」

俺は咄嗟《とっさ》に駐車場の車の陰に隠れつつ、携帯で時間を見るが、まだ十二時半だ。じゃあ、なんで生徒がここにいるんだ。今日って午前中授業とかなのか? わからない。けれど、もし同じクラスの生徒だとしたら。見つかるわけにはいかなかった。

「なんで……」

キャップを深く被《かぶ》り、目を合わせないように歩く。

距離が詰まり、すれ違う。そのとき額と鼻の頭には、じっとりと脂汗をかいていた。


「……ふう」

そして無事部屋に戻ってきた俺は再びゲーミングチェアに座り、まひるから届いた動画用の素材を確認する。イラストと歌とピアノ伴奏と歌詞。そのビットレートなどを確認しつつ、俺は動画制作を開始した。

やがて夕方。蒲焼《かばや》きさん太郎を食べながら配信画面を開き、俺はOBSで配信を開始する。

「みんなただいま! 聞いてくれよー! 今日学校で面白いことがあってさぁ……」

こうして俺はまた、配信に嘘《うそ》をのせる。

このことをまだ、まひるすら知らない。

「いつもの」

私と花音《かの》ちゃんが立つバーで、めいちゃんが優雅に注文している。

「いや、来店二回目だよね？」

私が突っ込むけれど、花音ちゃんは当然みたいにめいちゃんにドリンクを出した。

「はい、トマトジュース」

「～っ！　流石《さすが》ののたん、ファンサのプロ……！」

なんかもう勝手にやっててほしいな。そう思いながら私は適当に雑談をする。

「キウイちゃん、文化祭来てくれるかなあ」

「え、来ないの？　幼馴染《おさななじみ》なんでしょ？」

「そうなんだけど……高校入ってから一回も会えてなくて」

「え、ってことは二年もですか？」

めいちゃんが驚く。

「うん。私は会いたいんだけど、キウイちゃん、忙しくなったみたいでさ。……去年の文化祭も結局お互い行けなくて」

「ふうん。ヨルのダンス、見てほしいんだけどなあ」

「こら」

からかうように言う花音《かの》ちゃんに、私はツッコミを入れる。

「二日目なんだっけ?」

「うん」

花音ちゃんの質問に私が頷《うなず》くと、花音ちゃんは思い出したように質問を重ねた。

「てかさ、劇でやる天の岩戸……って話? なんで踊ることになるの?」

「えーと……なんか、太陽の神様が……どうとか」

私が曖昧《あいまい》な説明をすると、めいちゃんが静かに語り出した。

「……太陽の神様のアマテラスさまが、ひょんなきっかけから、岩の洞窟《どうくつ》に引きこもってしまうんです」

驚いてめいちゃんを見る。

「詳しいんだ?」

「昔読んだので……こんな感じです」

めいちゃんがスマホで検索した画像を見せながら、語り聞かせるみたいに教えてくれる。

「太陽の神様が引きこもると、世界から太陽がなくなってしまうので、困ります。だからほかの神様が岩の近くで楽しい演奏をして、変な踊りを踊って、アマテラスさまをおびき出すんです」

「あ、そうそう。先生がそんな話だって熱く語ってた」

「そしてまひるさんの演じるアマノウズメは――」

言いながら、めいちゃんは三頭身くらいのコミカルな女性キャラクターが、全裸になっているイラストを私に突きつけてきた。

「胸などの大事なところをさらけ出して踊ります」

「私そんな役なの!?」

＊＊＊

それから十日くらい経って。今日は文化祭の一日目だ。

うちのクラスの出し物はお化け屋敷だから、白いシーツを被《かぶ》るだけというとても雑なお化けの格好をしながらも、私は自分の教室の前で受付をしている。

するど、なんだか見覚えのある、かわいい制服が目に入った。

「すいませーん」

目の前に現れた二人の他校の女子生徒。もちろん知らない人だったけれど、私はその制服にだけ、見覚えがあって。じっと見ていると――私は思い出した。

制服がかわいいことで有名、と言われてめいちゃんに見せられた、キウイちゃんの高校の制服だ。ということはこの子たちはキウイちゃんと同じ、立北《たてきた》高校の生徒ということになる。

ふむ、たしかに生で見ると余計、そのかわいさが際立つね。

「二名入れますかー？」

「大丈夫ですよ。あそこから次の生徒が出てきたら入場できまーす。こちらでお待ちください」

「やったー」

と、そこで会話が途切れる。まあ受付とお客さんだし、話さないといけないわけじゃないから気まずいってほどじゃないけれど、私は単純に気になったので、それを聞いてみたくなった。

「あのー……立北の子ですか？」

「そうですよ！　えっと、私たちも二年です」

私のクラスのプレートを見ながら言う。立北の二年。ってことは、キウイちゃんと同級生だ。

「あ！　二年なんですね！　それじゃあ……渡瀬《わたせ》さんって知ってます？」

なんとなくの雑談のつもりで投げたその質問。

「えーと……渡瀬？」

「あれ……知らないですか？　あ！　ほら、生徒会長とかやってる元気な女の子！」

「えーと？」

まだピンとこないようだ。クラスが違うなら仕方ないのかもしれないけれど、ここまで話して通じないのは、想定外だった。だって生徒会長でキウイちゃんほどの人気者となれば、他クラスにも名が知れ渡っていてもおかしくない。

なんてことを考えていると、女の子はもっと衝撃的な言葉を吐いた。

「……生徒会長って、溝口《みぞぐち》さんだけど……」

「……え？」

どういうことだろうか。二人の勘違いか、それとも生徒会長が複数人いたりするのか。私は混乱しながらも、いろいろな可能性が頭を巡った。

「あ！　渡瀬ってさ、渡瀬キウイじゃない？」

女の子の言葉に、私はぱっと顔を上げる。

「そうです！」

けれど、私はその次の言葉を聞いて、ぽーんと大きな穴のなかに、突き落とされてしまうのだった。

「ああ。——あの不登校の！」

＊＊＊

文化祭初日を終えて、その日の夜。

今日も私は、キウイちゃんと作業通話をしていた。

だけど、お昼に聞いてしまった話。あのあと何度も学校名と名前を確認したけれど、間違いないようだった。二人が私に嘘《うそ》を言う理由なんてどこにもないし、渡瀬《わたせ》キウイという名前が同じ学校内で偶然被《かぶ》るはずもない。

だったら間違っているのは……私がキウイちゃんから聞いている話のほうなのだろう。

「今日は五人でファミレス行ったんだけどさあ、なんと会計が丁度七七七七円だったの！　奇跡だよな～」

「そうなんだ。……すごいね」

上手《うま》く、笑えているだろうか。

私の頭のなかには今日のお昼に聞いたことばかりがリフレインして、キウイちゃんの言葉がほとんど入ってこない。

「だろ～？　しかもドリンクバー行ったときにさ……」

私にはもう、わかってしまう。これが、作り話であるということが。

これ以上聞いているのは、苦しいと思った。

「……あのさ」

「んー？　どーした！」

いつもの調子で聞き返してくるキウイちゃんの声が、なんだか少し遠く聞こえる。

「今日さ。文化祭の一日目で——キウイちゃんの同級生と偶然会ったんだよね」

キウイちゃんの言葉が、ぴたりと止まった。

「……聞いたってこと？」

「……うん」

「あー……。そっか」

気まずい沈黙が流れる。私はこういうときに空気をリカバリーするのは上手いほうだと思っていたけど、さすがにいま、なにを言うべきかはわからなかった。

「………って、なんだよ」

絞り出すような、キウイちゃんの声だ。

「え？」

「すごいね、って……なんだよっ！」

キウイちゃんの声には少しずつ、怒気が混じりはじめる。

「え……」

「いま話聞きながら、すごいねって……！　嘘つきって思いながら言ってたのかよ……！」

「違う、そうじゃなくて……」

けれど、反論しきることができなかった。だって私は実際、キウイちゃんの話は嘘《うそ》なんだろうとわかりながらも、話を合わせて相槌《あいづち》を打っていた。

「そうじゃないなら……なんだよ」

「えっと……その」

無言から、苛立《いらだ》ちが伝わってくる。

ガリッとなにかをかみ砕くような音が、通話口から響いた。

「――そうやってすぐ、人に合わせやがってっ！」

そうしてぶつり、と通話が切れてしまった。


まひるに怒声を浴びせてしまってから数分後。

俺はベッドに倒れ込んで、なにも考えられず横になっている。

ずっと誤魔化しきれるはずもなかった。いつかは知られることだなんてわかっていた。だけど、その覚悟ができてたわけではなかった。

「はは……自業自得か」

乾いた声が漏れる。

嘘をついたのは自分で、その理由もただ、幻滅されたくなかっただけだった。だから俺は、自分を責める以外になにもしようがなかった。

「っ」

嫌な汗があふれて、手足が冷たい。なにかを失ってぽっかりと空いたような虚《むな》しさが、俺の息を苦しくさせた。逃げるように部屋のドアを開けると、自分が情けなくなって、なにかから追い立てられるように、家を飛び出してしまう。


俺が逃げていたもの。

それはきっと、俺をつけ回してくる恥ずかしくてたまらない、黒い記憶だ。


小学六年生の夏。勉強も運動もできた俺はまひるたちと同じ中学に行くことを選ばずに、中高一貫の進学校に行くことに決めた。早熟で発達の早かった俺は理解力や身体能力において周りよりも頭一つ以上抜けていたから、人とは違う選ばれた道に進むべきだと本気で思っていた。そして実際、俺は中学受験用の問題集を何周かしたくらいで、あっけなく名門である立北《たてきた》中学に受かってしまった。

思えばきっとこれが、最初の選択ミスだったのだと思う。

自分は才能があって、努力しなくてもなんでも出来る特別な存在で、なんてことを当たり前みたいに信じていたたし、実際にそう思ってもおかしくないくらいの結果を出していた。母親たちが作る狭いコミュニティでは神童なんて呼ばれることだってあったたし、それが全能感につながってなんにでも挑戦できて、しかもたいがい上手《うま》くいくものだから、余計に俺の自意識を肥大化させた。

それが通用していた小学生のころはよかった。

初めにおかしいなと思ったのは、中学一年生の春、入学式のあとのホームルームだった。

「本山侑子《もとやまゆうこ》です。テニス部に入ろうと思っています。よろしくお願いします！」

生徒が名前の順に自己紹介をしていて、けれどみんなただ名前とよろしくの挨拶《あいさつ》に、趣味やがんばろうと思っていることを一つ添えるくらいの、つまらない内容だった。俺はこういうときにどうすれば笑いを得られて、なにを言えば受け入れてもらえるかを知っていた。だからこうして自己紹介で退屈な言葉ばかり並べるクラスメイトたちを、これから自分に付き従うことになる、地味な人間たちとしか思えてなかった。

だから。

自分の番が来たとき、俺はガタンと勢いよく立ち上がり、こんなことを言ってしまったのだ。

「——どぉーもみなさん初めましてっ！　私の名前は渡瀬《わたせ》キウイ！　この世界の主人公！

このクラスのこともガンガン盛り上げていくつもりだから、よろしくな！」

浴びるはずだった歓迎と拍手と憧《あこが》れの眼差《まなざ》しは、どこからも湧《わ》いてこなかった。

代わりに浴びることになったのは、困惑と沈黙と奇異の目と、そして——疎外感だ。

「……はーい。元気があっていいな。それじゃあ次の人」

おかしいな、そう思った。

だけどこうしてスべることがいままでなかったわけじゃない。それがたまたま一発目に来てしまっただけだろう。初めての相手ばかりだし、一度くらいならそういうことがあってもおかしくない。これから少しずつ俺の面白さを——渡瀬キウイこそが最強だってことを、わかってもらえればいいしな。

一回の失敗くらいじゃ砕けないくらいに積み上がっていた空虚な全能感は、俺の恥ずかしい歴史を、ことさらに積み上げていくことになる。

同じ日の休み時間。これで人気者になること間違いなしだと思いながら、俺は秘蔵のヒーロー設定帳をみんなに見せている。

「ほら見てくれよこれ！　エネルギーをスピンで増幅っ！」

いつものように調子のいい声で、ノートの紙をパラパラとめくって、アニメのように見せる。家が絵画教室をやっていて、その生徒たちのなかで誰よりも上手《うま》かった俺の絵は、新しいクラスメイトたちにとってても刺激的なもののはずで。

賞賛、羨望《せんぼう》、嫉妬《しっと》。

そんなものを全身で浴びながらも、俺はこの学校でも最強になるはずだった。

——だけど。

「あはは……すごいね」

「へ、へえ……」

そのリアクションに感情がこもっていないことは、全能感で冷静さを欠いている俺にもわかった。

「……あれ？」

焦ったように翌日、俺は自分の最強フィギュアコレクションのなかでも一番派手で、レアで、大きなフィギュアを学校に持っていった。

「み、見てくれよ！　これ」

声から少しずつ、自信が失われていくのが自分でもわかった。これも受け入れられなかったらどうしよう、いや、そんなわけがない。自分に前向きな言葉を言い聞かせるけれど、言葉が少しずつ上滑りしていくのを、俺は感じている。

「なにそれ……怪獣？」

「渡瀬《わたせ》さんって、趣味変わってるね」

下腹部のあたりのどんよりとした不安感が、鈍い痛みに変わっていくのがわかった。


そうして俺は放課後、好きなTikTokerだとか、ファッションだとか、美容法だとか、そんな嘘《うそ》くさい話題で盛り上がるクラスメイトたちがグループを作ってメンバーを固定化させていくなかで、どのグループにも馴染《なじ》むことができないで。

俯《うつむ》きながら、一人で下校していた。


「どうしよう……変、だな？」

その日の夜。

『ねーキウイちゃんどうしよう。私全然仲いい子いないクラスになっちゃってさ！　いきなりデビュー大失敗しそうなんだけど〜！」

「はは、そうか」

電話でつながったまひるが、いつもみたいに、俺に甘えてくる。

俺だけが唯一の支えみたいに、遠慮なく体重を預けてくる。

「なんでキウイちゃん違う学校行っちゃったのー！　私明日からどうしたら〜！」

「まったく……相変わらずまひるは私がいないとダメだなあ」

「もう〜そうなんだよ〜」

心地よかった。

自分の存在と、価値がまるごと否定されたような一日を過ごして。

けれどまだ自分のことを主人公だと思ってくれているまひるの言葉。誰かの最強ヒーローでいつづけられるこの場所が、全能感を保ったままでいられる関係性が、俺を満たしていった。

「ねえ！　キウイちゃんはどうだった？」

だから、まひるのその質問に――俺は。

「私はさ……」

きっと本当の意味での『竜《りゅう》ヶ《が》崎《さき》ノクス』は、この瞬間から始まったのだ。

「――もちろん余裕だったぞ！　早くも学校の人気者間違いなし！」


作り笑顔は引きつっていて、冷えた汗が脇腹《わきばら》をつたう。

だけど、声だけはいつもみたいに明るく、かっこいいヒーローみたいに。

「おおー！　やっぱり、キウイちゃんはすごいなあ」

罪悪感もあった。自分に対する嫌悪感すら生まれた。

「おう！　だって俺は、最強ヒーローだからな！」

だけどそんな罪の意識は、強い言葉を繰り返していくうちに。

治っていない傷に麻酔を打つように、緩やかに麻痺《まひ》していった。


黒い記憶のなかから、現実に帰ってくる。

俺はフードを被《かぶ》って、俯《うつむ》いて、相変わらず冷えた手のままで。夜の街を一人で徘徊《はいかい》している。

渋谷《しぶや》。まひるが迷ったときにそうしていたように、俺も引き寄せられるようにこの場所に来ていた。


――「子供かよｗ」

――「痛すぎだよなぁ」

嘲《あざけ》る声が、聞こえた気がした。

煌《きら》びやかなブランドものを身につけた若者たちが、薄っぺらな笑い声を上げながら、街に流されている。げらげらと自分の居場所を主張するように響くその笑い声は、品のない、軽薄な響きを持っていて。つまらない、くだらない、一体お前らはどれだけ、自分の好きに本気に生きられてるんだ。


——「俺が主人公！」

——「いや、女が俺ってｗ」


それは幻聴なのか、それともたまたま聞こえた声が、自分に突き刺さっただけなのか。思考と現実の境目が、わからなくなっていた。

だけど、背筋を伸ばして大きな声で笑う群衆に対して、俺は体を縮こまらせてしまう。居心地が悪くて、悔しくて、情けなくて。いつもやっているスマホゲームを始めて、その世界に逃げ込んでしまう。こんなことなら初めから、外になんて出なければよかったのだ。

ろくに前も見ずにソシャゲの画面を睨《にら》みつけて、超必殺技のボタンに親指を当ててつけみたいに強く押し込むと、重課金で全身がギラギラに装飾されたヒーローロボットが、俺の代わりに道行くモブの敵キャラにミサイルを次々と撃ち込んで、画面を死体と瓦礫《がれき》の山に変えていく。ゲージがなくなったらすぐに課金して、俺は爪《つめ》の先が白くなるくらいに強く、何度も何度も、親指を画面に押しつける。

唇を噛《か》むと、じんわりと鉄っぽい味が、口の中に広がった。

「生きづらい、生きづらい、生きづらいっ！」

90520。

120642。

6246273。

9902184。

15662998。

99999999。

999999999。

全力で駆け上がるみたいにダメージがインフレしていって、俺がスパチャで貰《もら》ったお金は、歪《ゆが》んだ世界をぶっ壊すための破壊兵器へと変わっていった。

「私は……っ、私はなんにも変わってない……っ！」

俺はただ、ヒーローでありたかった。

かっこよくて、背が高くて、ガタイがよくて、力が強くて、みんなから頼られて。

肝心なところで助けにやってきて、名前も言わないで立ち去るような、理想のヒーローに。

そんな夢を昔からずっと、ブレないで、持ちつづけているだけなんだ。

「勝手に変わったのはみんなのくせに――っ！」

怒りとお金で、世界を破壊していく。数十万円あった電子マネー残高が、みるみる減っていく。世界があっという間に、瓦礫《がれき》に変わっていった。

全部を、本当に全部を壊したかった。

「っ！」

不意に、勢いよく人にぶつかる。俺はその場に倒れて、座り込んでしまった。

「す、すいません」

「いってえ……どこ見て――」

迷惑そうな声の主は二十代くらいの金髪の男で、けれどその態度は、なめるように俺の体を見た途端に一変した。

「……って、かわいいじゃん。一人？」

心の底から、嫌悪が沸いた。

世の醜い横っ面を、ぶん殴ってやりたかった。

「──そういう目で見んなっ！」

感情むき出しで叫んで手を払い、俺は駆け出す。

「くそ……っ、くそ!!」

惨《みじ》めだった、悔しかった、なのにどうしようもなかった。

俺はただ、ヒーローになりたかった。ただそれだけだった。

なのに。

背が低くて、童顔で、色白で、胸が無駄に大きくて、腰がくびれて、太ももが肉感的で。きっとあの男に組み伏せられたら抵抗できないくらいに、力が弱くて。

こういう体に生まれたというただそれだけで、あんな中身のない男に一目でナメられて、薄っぺらな欲望をぶつけられて。

こんなものが──俺のなりたかった自分であるわけがないんだ。

「――あああああぁぁぁぁああああぁぁっ!!」

お前が間違ってるんだって、何度も言われた。ひねくれ者だねって、くすくす笑われた。ふざけんな。お前らが周りに迎合して、信念を曲げて、自分を騙《だま》して生きてるだけだろうが。俺は昔からずっと、生まれてこの方一度たりとも、ひねくれてなんかいない。俺の根っこは絶対に、小学校のあの頃から一つだって、変わってないんだ。

男女関係なく遊んで、壮大な夢を語って。俺たちの平穏を荒らす敵が現れたら、みんなを率いて戦って、居場所を守って。勝利を祝いながら、無茶して転んで怪我《けが》したことを、勲章みたいに讃《たた》え合って。

みんなで安いアイスを買って一緒に食べながら、暮れてきた夕陽を眺めて、一日が終わることを寂しがる。

それのなにが変なんだ。

それのどこが、ひねくれてるんだ。

自分に嘘《うそ》をついてるのは、絶対に俺じゃない。

世界で俺だけが純粋で、お前らが全員ひねくれてるだけだ。

俺は世界に対して嘘をつきつづけているけど――

自分にだけは絶対に、嘘をついてない。

「間違ってんのは……っ、お前らの方だろうがッ!!」

叫び声は夜空に消える。引きこもって運動不足の体はあっという間に音をあげて、乾いた空気が締めつけた喉《のど》からは、きぃきぃと喘息《ぜんそく》のような音が鳴った。そんな状態で叫んだもんだから、俺の体は情けないことに貧血を起こしてしまって、ふらふらと近くの壁に体重を預けるしかなくなってしまう。

見あげた視界の端に映ったのは、カラフルなクラゲの壁画だった。

「……はは」

そっか。気がついたら俺も、ここにいるんだな。

俺が初めてあいつに絵で負けた、記念すべき壁画。

それでもまひると一緒にこの壁画の色を塗ったときの記憶は、いまでも鮮明に思い出せるくらいに、カラフルだった。

「あいつ、くっつき虫だったくせに」

くすっと、笑みがこぼれる。

ずっと俺についてきて、俺をヒーローだって心の底から信じてくれて、俺のことを最強だって、何度も何度も讃《たた》えてくれて。

そんなあいつの隣が、いつでも心地よかった。


俺はあいつに、嘘《うそ》ばっかりついてきたけど。

あいつの中にいる俺こそが、俺が本当になりたい俺の姿だったことを思うと——

きっとまひるに対してだけは、誰よりも正直な自分として、接することができていたのだ。


クラゲを背もたれにすると俺は地面に座り込み、ゆっくりと空を見上げる。

見上げた空に浮かぶ月は、まん丸からは少しだけ、なにかが欠けていて。

なんだかこの世界が息苦しい俺に似てるな、なんてことを思った。


「——私の最後の居場所、なくなっちゃったなぁ……」

「おねえちゃーん、なにして……って、懐かしい！」

「こら佳歩《かほ》、人のスマホの画面を勝手に見るな」

自宅のリビング。

相変わらずプライバシー意識が低すぎる佳歩を小突くと、私は視線をスマホに戻す。

「キウイちゃん、面白かったよねー。また遊んでほしいなー」

そこに表示されているのは、あのころ完成したばかりの壁画の前で、私がキウイちゃんと一緒に撮った一枚の写真だ。

キウイちゃんとの通話が切れてから私はすぐにメッセージを送った。それから二時間くらい経ったけど、まだキウイちゃんとは連絡がとれていない。

だけど私は怒っているわけでも、呆《あき》れているわけでもなかった。

「……いよぉーっし！」

「うわぁ!?」

私が決意して突然立ち上がると、佳歩が驚いて尻餅《しりもち》をついた。

＊＊＊

翌日。文化祭二日目のお昼時。

「やっほーヨル！　来ちゃった！」

「お、おつかれさまですっ！」

マスクをつけた花音《かの》ちゃんと、いつもどおりの格好のめいちゃんが、うちの高校に遊びに来てくれた。……のだけれど。

「……ヨルって？」

クラスメイトがきょとんとして言った声に、私はぞっとする。

「～っ！　……花音ちゃん、ここでヨルって言うのやめて～っ」

インターネットの活動名をリアルで堂々と言われるのは恥ずかしいって知らないのかな。私は小声で懸命に主張するが、花音ちゃんはまた普通の声量で、

「なんで？　ヨルはヨルじゃん」

「ヨルはヨルだけどまひるでもあるの～っ」

小声で叫ぶという矛盾した発声で異議を唱えながら、花音ちゃんを壁際にぐいぐい押し込んで誤魔化す。

「誰あれ？」「さあ。けどめちゃくちゃかわいいな」

花音ちゃんたちのほうを見てクラスメイトが噂《うわさ》している。花音ちゃんはアイドル時代で慣れているのか気にしていない様子で、めいちゃんはなぜかすごく感心していた。

「さすがののたん……やっぱりマスクをも突き抜ける魅力が……」

「めいのことも言われてると思うけどね？」

「どういう意味ですか？」

めいちゃんはきょとんと首を傾《かし》げる。めいちゃんって自分ではあんまり意識してないみたいだけど、背も高くて色が白くて、ちょっと日本人離れした目鼻立ちをしてて、正直花音ちゃんと同じくらい目立つもんね。う、それと比べて私は……。

「まひるの友達？」「っぽいよね」

しかし花音ちゃん、マスクをつけているとはいえ、めちゃくちゃ目立ってるのは大丈夫なのだろうか。まあけどアイドル時代と服装も髪型も違ってて、マスクもしてるなら気付く人はそういないか。

「いよいよ本番だね」

「うん……不安しかない」

私が素直に言うと、花音ちゃんがあははと笑う。

「ののたんと初めて一緒に見る演劇、楽しみです……！」

「楽しみなのそこなんだ……」

めいちゃんは相変わらずだった。花音ちゃんはこういうオタクに慣れているのか、「そうだねー」とか言ってニコニコ対応している。プロだ。

「……あのさ、二人とも」

私が切り出すと、二人の視線がこちらに向いた。

「ちょっと、頼みたいことがあって」

言いながら私は、三脚とスマホを二人に渡した。


一時間後の体育館。

私は舞台袖《そで》で吹奏楽部のパフォーマンスを見ながら、決意を固めていた。

これが終わったら私たちの演劇が始まる。

金管楽器が最後の音を鳴らし、指揮者がお辞儀をすると、拍手が楽隊を賞賛する。

『吹奏楽部のみなさん、ありがとうございました』

「まひる、ふぁいと！」

「うん、ありがと」

後半に通行人役として出演するチエピが私の肩を叩《たた》いて、私はそれに笑顔で答える。けれどチエピはたぶん、これから私がしようとしてることは知らない。ちらりと幕の隙間《すきま》から観客を確認してみると八割くらい人が入っていて、花音《かの》ちゃんとめいちゃんは私が頼んだとおり——三脚にスマホをセットして、舞台を映してくれている。

『続いては、二年一組による演劇「現代版・天の岩戸」です。え？　あ、これも？　えー、脚本は村西《むらにし》先生です、では、どうぞ！』

村西先生に著者をアピールするように頼まれた可哀想《かわいそう》な文化祭実行委員のアナウンスを聞きながら、私は覚悟を決めて、舞台に飛び出した。

頭が痛い。

目を覚ましたらお昼を過ぎていたなんてこと、俺にとっては珍しくないんだけど、今日はなんだかいつもよりも罪悪感があった。

いままではこの時間、まひるのなかの理想の俺が、現実の俺の代わりに学校に行っている感覚があった。誰かの中で理想の自分が、ヒーローでいられている。そう思えたら、少しだけ学校に行っていない罪悪感が薄まった。

けどいまはもう、まひるのなかでの俺も、学校に行っていない。そう思うと理想の自分がどこかに消えて、この世界に自分が嫌いな自分しかいなくなってしまったように思えて、たぶんそれがつらかった。

「……ん」

ふと、スマホの通知に気がつく。

届いていたのは、Discordのまひるからのメッセージだ。

「アドレス?」

そこにはYouTubeライブのURLが貼り付けてあって、表示されたサムネの情報によると、どうやら非公開ライブになっているみたいだ。配信しているチャンネル元は──JELEE《ジエリー》チャンネルだった。

「……なんだ?」

気になったけれど、非公開ライブだから、視聴者を見るだけで俺が入ったことがバレてしまうかもしれない。けど、直接通話に出たりチャットをするよりはだいぶ気が楽で、まひるも結構、引きこもりのことを理解してるってことなのかな。

俺は少しだけ気合いを入れると、そのアドレスを開いた。

すると。

『そして、次に岩の前に出てきたのは、アマノウズメでした』

「……まひる?」

ライブ映像には、体育館と思われるステージの上で踊る、まひるの姿が映し出されていた。

『でってこーい、でってこーい、るんりるらるー』

まひるは全身を使ってコミカルな、なんかMPでも吸い取られそうな踊りを、必死に踊っていた。会場からは失笑混じりの笑い声が漏れていて、まひるってこういうの、一番苦手だったはずだよな。

『でってこーい、でってこーい、るんりるらるー』

顔を赤面させながら、全身を大きく使って、大声で叫んで。

「なんだ、あいつ……」

俺がぼそりとつぶやきながら、ふっと笑みが漏れてしまった。

こんなものを俺に見せて、あいつはなにが――

『アマテラスさま!!』

まひるが必死に踊りながら、カメラ越しにこちらをじっと見たような気がした。

『どうかその暗いところから、出てきてください！』

まひると目が合ったような気持ちになって、胸が跳ねる。曖昧《あいまい》ながら知っている天の岩戸の物語からいって、このセリフは実際に台本にあってもおかしくないものだったけれど、俺の現状を指摘する言葉にも思えて、聞き流すことができなかった。

『アマテラスさまが引きこもっていると、私の世界は！』

まひるはステージを走り回って、息を切らしながら叫ぶ。
踊れば踊るほど会場の笑いは大きくなって、その痛さが俺の心に刺さってくる。
汗が飛んで、ドタドタとした情けない足音が響く。

『私の世界は！　暗いままなのですっ!!』

唇を結ぶ。俺はきっと、心を動かされている。

『だから、アマノウズメは必死に踊りました。出てきてくれ、出てきてくれ、と。

あなたは私たちの、太陽なのだ、と』

他の生徒が語るナレーションをバックに、まひるはさらに激しく跳ねて踊る。

『ああっ！』

足を縺《もつ》れさせて転ぶ。それを合図に、まひるは文句なしの笑いものになる。

だけど俺はもう、笑っていなかった。

『っ！』

手をついて、衣装を乱しながら立ち上がったまひるは、再び笑われるためだけの舞いを踊りはじめた。

汗で前髪が濡れて、情けなく額に張り付いて。まひるの表情はコミカルに、みっともないものになっていく。乱れた衣装は遠目に見たら半裸に見えそうですらあって、きっと多くの男子生徒の好奇の目を呼んでいるだろう。

それが会場の笑いをさらに生んでいて、間違いなくそれは、物語には合っている。

だけどやっぱり、人の目を気にして、浮かないように笑われないように生きてきたであろうまひるにとって、一番避けたいことのはずだった。

『アマテラスさま！　あなたは——っ！』


そして和太鼓のようなＢＧＭが終わると、まひるは——

俺が見ているこのカメラを、いや、ひょっとするとその向こうにいる俺を見て。

こう叫んだ。


『——あなたは、私にとってのヒーローだから！』


ヒーロー。天の岩戸という物語に、そんな横文字が登場するはずもない。

いまのはきっと、台本にない、まひるの言葉だ。

「……っ！」

アマテラスが引きこもっていた、岩戸がゆっくりと開く。俺はベッドから立ち上がって、パソコンの前に座った。

ダンスも目立つことも苦手なくせに、苦手に苦手を上塗りして、なにをやってるんだ。

必死すぎて、かっこ悪いにも、ほどがあるだろ。

「……あのバカ」

呟《つぶや》きながらも俺は、途中まで進めていた編集作業を、もう一度再開する。

いまの俺がやれる精一杯の『ヒーロー』は、きっとこれくらいだ。


「クラスの打ち上げ、三次会まで付き合わされた……」

私はぐったりと言いながら、先に集まっていた花音《かの》ちゃんとめいちゃんのもとに合流した。

会場は私たちのバイト先のカフェバーで、めいちゃんが花音ちゃんのドリンクにストローをさそうとしているのを断られている。

「まあ、ヨルは今日の主役だもんね。ゲラゲラ笑ったよ～」

「ありがとう花音ちゃん……」

「呪《のろ》いの踊り、素晴らしかったです！」

すっごく純粋に投げかけられためいちゃんのズレた言葉に、私は苦笑しながらも、

「こちらこそ、三脚とかセットしてくれてありがと」

感謝すると、花音ちゃんがぱあっと笑う。

「いいって！　届いてるといいね。キウイちゃんに」

「……うん」

キウイちゃんにライブを届けるために演劇の前に三脚のセットをお願いしたけれど、二人にはキウイちゃんが嘘《うそ》をついていたことを伝えていないから、きっとただ幼馴染《おさななじみ》に自分の踊る姿を見せたかっただけだと思われているだろう。なんかちょっと恥ずかしいけれど、私はそれでよかった。

「……ん？」

そのとき、私の携帯にDiscordのメッセージ通知が届く。

見てみると、キウイちゃんからメッセージが届いている。イラストやデータを送り合うときによく使うメガアップロードのアドレスだけが送られてきていて、開くと一つの動画ファイル『完成.mp4』がアップロードされていた。

「ね、これ……」

二人に見せると、私たちは顔を見合わせた。

三人で頷《うなず》いて、アップローダーの機能でそのまま動画を再生すると――。

「「「わあああ！」」」

声が揃《そろ》う。画面で再生されているのは、私の絵を使った、ミュージックビデオだ。

「もうできたの!?」花音ちゃんが驚く。「っていうかこれ、音声も……」

「楽器が一杯増えてます！」

私の描いた少ない素材から、歌詞や背景、幾何学模様などを組み合わせてテンポよく。なんかすごくそれっぽいMVを作ってくれたキウイちゃんは、動画だけじゃなくてミックスまでやってくれていたみたいで。

いや、ヒーローだとかなんでも出来るだとか思ってたけど、キウイちゃん、ちょっと私の想像を超えてるかもしれない。

数分間、私たちはその映像に釘付《くぎづ》けになっていた。

「す、すごかった……」

「私とののたんの、初めての成果物……」

「いや四人のね？」

感動している花音《かの》ちゃんと、なんだかまたズレた感動をしているめいちゃん。私はめいちゃんに最低限のツッコミを入れつつも、スマホを持ってすっとカフェバーの勝手口から、屋外の階段へと抜ける。

ビルの三階にあるこのお店の階段から見える景色はそこまで綺麗《きれい》ではないはずだけれど、いまはすぐ近くの看板だとか街灯の光もなんだか、輝いて見えた。

私がこうして外に抜けた理由は、ひとつ。あれからずっとステータスがオフラインだったキウイちゃん。けれどいまは覚悟を決めたようにずっとオンラインであることに気がついたのだ。

自分から話しかけるのは、気まずいのだと思った。だから。

私はえい、と気合いを入れて、キウイちゃんに通話を発信する。

数回のコールのあと、キウイちゃんが通話口の向こう側に現れる。

「もしもし……キウイちゃん」

『……おう』

元気のない声。気まずさとか罪悪感とか、そういうものが全部ごちゃ混ぜになってるんだと思う。なんだかそんな弱ったキウイちゃんは新鮮で、だけどいつも弱った姿を見せて励まされてるのは私のほうだったから、私はたぶん、励まし方も知っている。

「……私の踊り、見てくれた？」

『……見た。……下手すぎ』

「あはは。……やっぱり才能ないかな？」

少しずつ、なんでもない言葉でこじれた関係をもとの位置になおすように。私はあえて本筋とは違う話題で、キウイちゃんと話した。

『……。……ごめん、嘘《うそ》ついてて。それに、酷《ひど》いこと言って』

頰《ほお》が緩む。

その一言だけもらえれば、私はもうなんだっていいのだ。

「いいよ！」

なるべく素直に、まっすぐ言った。

「キウイちゃん。じゃあ私からも一つ言わせて？」

今度は少しだけ茶目っ気を入れて、懐に入るみたいに。

『……なに』

キウイちゃんの声には少しだけ、警戒するような色がある。

「私が昔からずっと、キウイちゃんのどこが好きだったか、わかる？」

『……みんなの人気者で、輝いて見えてたところだろ。けど本当の私は――』

「違うよ」

くすっと笑う。

たしかにそこも魅力的だ。けど、人気があれば誰だっていいなんてことはない。

「私が思う、キウイちゃんのかっこいいところはね」

あの頃、私たちを助けてくれたヒーローの姿を思いながら。

「誰が見てる前でも、自分は最強だとか、主人公だとか――堂々とハッタリかませちゃうところだよ！」

私は思う。

それってたぶん、いまもキウイちゃんがやっていることだ。

「ずっと嘘《うそ》ついてたんだとしても、ぜんぶ作り話だったんだとしても……」

キウイちゃんはいま、どんな表情をしているんだろう。

「最後はかっこよく決めてくれるって、私知ってるから」

『まひる……』

そんなとき、

「あれ!?　もしかしてキウイちゃん!?」

私の不在が長いことに気がついたのか、花音《かの》ちゃんがこちらにやってきた。なので自動的にめいちゃんもその後ろからぴょこぴょこ歩いてやってくる。わかりやすいシステムになっている。

「ねえ！　MV見たよ！　めちゃくちゃすごい！　カッコいい！」

「音楽も素敵です！　私の曲を、こんな賑《にぎ》やかにしてくれるなんて！」

二人は本当に素直だから、言葉に嘘がないことがキウイちゃんにも伝わっている気がした。

『お、おう……』

そんなふうに褒められて、照れているキウイちゃんの声を聞きながら、私はご満悦だった。

しどろもどろに、けれどキウイちゃんの声が少しずつ、ヒーローの強さを取り戻していく。

『まあ、……このキウイ様が、作ったからなっ！』

私の大好きな最強ヒーローが、通話口の向こうにいるような気がした。

「ほら、言ったでしょ?」

私はまた、キウイちゃんの虎《とら》の威を借りて、ドヤ顔をしてみせる。

「キウイちゃんは、最強なんだ」

そうしてもう一度再生されたミュージックビデオ。

その画面には花音《かの》ちゃんがつけたあまりにも素直で真っ直《まっす》ぐすぎる曲名、『最強ガール』の文字が、ピンク色のエフェクトとともに、自分の居場所を主張していた。

4 両A面

『それで、なにやら今日から全国のCDショップを回っていくんだって？』

『はい！　再始動なので、まずは初心に帰りたくて。デビューシングルが発売されたときにしたことを全部やっていくんです！』

わたしのスマートフォンから、流暢《りゅうちょう》なMCの質問のあとに、聞き慣れた声が流れる。まいったな。身支度をしながらなんとなくネットTVを流していただけのはずなのに、いつの間にか見たい番組が終わっていて、わたしの望んでいない音楽番組が流れている。

『って、大人の人に言われたんやね』

『ちょっとー！』

スマホのスピーカーから届くざらついた笑い声には、三つの聞き馴染《なじ》みがある声が混ざっていた。わたしが昔所属していたサンフラワードールズの、メロと、桃子《ももこ》と、あかりだ。

忘れたい過去は振り返らないことにしていたはずなのに、こうして油断したところで不意に、わたしの心を揺さぶってくる。どうしよう、昨日まであんなに毎日が楽しかったはずなのに、暗くて後ろめたい気持ちがどばっと、あふれだしてきた。

『それでは最後に告知、メロちゃんお願いします！』

ぴくりと、私の肩が勝手に跳ねる。

『はーい！　サンフラワードールズ再始動！　ということで、来週水曜日にダブルA面シングルが発売されます！　この曲はサンドーとしては二年ぶりの――』

「っ」

これ以上、聞いていたくない。

少し乱暴な気持ちでアプリを閉じると、わたしはそんな気持ちを押し流すように、家を飛び出した。

カフェバーのカフェタイムの営業終了後。内装をバータイムのものに切り替えると、私は花《か》音《の》ちゃんと二人で『最強ガール』の評判をエゴサしていた。

「あっ！　一万いったよ！　やったね」

動画をアップして数日。私たちの初投稿作品の再生回数は、いまこの瞬間一万再生を超えた。

「……うーーーん」

私はとりあえず喜んでいたのだけど、どうしてか花音ちゃんは不満げだった。

「……どうしたの？」

「いや、なんていうか……もっと評価されるべきっ！」

いつもの花音ちゃんって感じだったけど、私は思わず苦笑した。

「一本目で一万なら十分じゃない？　……いままでと比べたら」

「う……」

私がJELEE《ジエリー》のアカウントの過去動画を突きつけると、花音ちゃんはぐうの音も出ないようだった。そこには数百とか、ものによっては数十というやや物足りない数字が並んでいる。

「だけど、これじゃあ……」

納得いってない様子の花音ちゃんだ。けれどまあ、目標はフォロワー一〇万人だって言ってたもんね。そういうことならまだ足りないか。理想が高いのはいいことだろう。

なんてことを考えていると、カフェバーの扉が開く。

「ん？　──あ、めいちゃん」

現れたのはめいちゃんだ。私たちのバイト終わりに合わせて会議することになっている──のだけど。

「そ、それ大きい荷物だね？」

背中に巨大な布のケースみたいなものを背負っている。

「でぃーてぃーえむ？　の練習をしてたんですけど、操作が……。ここいいですか？」

「あ、うん」

めいちゃんはうんしょ、とそれをテーブルの一つの上に置くと、ファスナーを開けて、なかから電子キーボードとタブレットを取り出した。

「えっと……トラック？　を作ってみたんですけど、音の波が録音されるものになっちゃって、ロール？　が表示されなくて……」

なにやらその世界の用語みたいな言葉を発しているめいちゃんを横目に、私は花音《かの》ちゃんと目を合わせた。

「……ヨル、わかる？」

「完全に外国語を話されました」

「だよね」

「そ、そんな……」

めいちゃんが絶望している。

と、そこで。私の頭には、助っ人の顔が頭に浮かんでいた。

「しかたない……ここは通訳を頼むしか……」

こういうときに頼りになるのはやっぱり……機械に強いヒーローだよね。

数十分後。

『あーそう。それで音は鳴る？』

キウイちゃんとめいちゃんが、Discordで通話をしている。

「……鳴らないです。エラーが出ました」

『なんて書いてある？』

「えっと……サウンドドライバーがどうとか……どこかのネジが緩んでるんですかね？」

『そのドライバーじゃないんだよな……』

はあ、とため息の音が聞こえた。花音ちゃんと一緒にカウンターからその様子を窺《うかが》っているけれど、なにやらダメっぽい雰囲気だ。

「あのさ、キウイちゃん！」

不意に花音ちゃんが、キウイちゃんに呼びかける。

『うん？』

「もしよかったら……こっちに直接来てくれたりしないかな？　ほら、私まだ面と向かってお礼も言えてないし！」

『あー……それは……』

キウイちゃんは明らかに言葉を濁した。私は二人にキウイちゃんの嘘《うそ》について話していないから、二人のなかではキウイちゃんは未《いま》だに立北《たてきた》高校生徒会長の最強VTuberのままだ。対面することに気まずさやちょっとした恐怖を抱いているのだと思う。

「あーその、えっと！　キウイちゃん忙しいし、さすがに悪いかなーって！」

「ヨルはそーいうとこ遠慮しすぎなんだって！」

花音《かの》ちゃんがぐいっと肩を組んでくる。

「花音ちゃんが遠慮しなさすぎなの。あと顔近い」

私は冷静に、花音ちゃんの顔をぐいと押した。

「私とヨルの仲だろ～！」

「どういう仲なのそれは」

「そりゃあ――」

『……じゃあさ』

花音ちゃんとの無駄なじゃれ合いに割り込むように、キウイちゃんの声が届く。

「うん？」

私が聞き返すと、

『……山ノ内《やまのうち》花音の家でやるなら行く』

「……へ？」

予想外の言葉に、私と花音ちゃんは顔を見合わせた。

新宿《しんじゅく》のパワレコ。

あーあ、面倒くさい。なんでサンフラワードールズ不動のセンターのメロがこんなことしないといけないんだろう。CDショップの楽屋でピンモンの缶にストローをさして飲みながら、そんなことを私は考えてる。

「てゆうかー、いまの時代にCDショップ巡りとか、アナログすぎません？　世はリモートですよリモート！」

いまはメンバーとマネージャーしかいないから、せけんてーとか気にしないでずばずばーってこんなことを言っちゃう。そしたらマネージャーが眉《まゆ》をハの字にしながら、

「うーん。けどこの企画……雪音《ゆきね》プロデューサー発案だよ？」

「ええーっ、そうなんですか⁉」

だったらメロ、ちょっと失言しちゃったかもしれない！

「それじゃあ私なんかが及びもつかない、深淵《しんえん》な作戦があるのかもですね！　しゅごい！」

桃子《ももこ》とあかりは呆《あき》れたみたいにため息をつくけど、メロはそんなの知らないもんね。雪音ピのためならとやる気を取り戻したメロはぐいぐいサインをしてく。待っててね雪音ピ、私がん

ばっちゃうんだから！

さらりさらりと十数枚を書き終えたところで、パワレコの店長さんが楽屋に戻ってきた。

「おおーっ！　サンドーの生サイン！」

「柳谷《やなぎや》さんお疲れさまです～！　心を込めて書きましたっ♡」

ぱちんってスイッチを切り替えて、私はワントーン、いやスリートーンくらい高くて媚《こ》びた声を出す。ここの店長はアイドルとか結構好きらしいし媚びを売っとくと明らかに対応よくなるから、握手会に来るオタクに対応するみたいにぶりぶりで会話しとくのが吉なんだよね。

うーんメロって世渡り上手！

「めちゃくちゃ感激です～！　発売当日、店長権限で猛プッシュしちゃいますね！」

「ありがとぉございまぁす♡」

わざとらしいくらいに鼻に掛かった声は普段からちゃんと女の子と関わりのある若い子からしたらウザかったり嘘《うそ》くさく聞こえるらしいんだけど、こーいう大人相手には効果てきめんだ。だからメロは普段の五倍増しくらいでうっざーい声を作ってあげた。

「それから……もし良かったら、あれも」

マネージャーさんが、店長に目配せしながら入り口を指す。うちの会社の営業が、私たちのかわいいかわいい等身大パネルを運んできた。

「おお……なかなかのサイズですね。置き場所あるかな……」

「難しそうですかね？」

営業さんが困り眉《まゆ》にしながら言うと、そこでマネージャーさんの電話が鳴った。

「……あ、すみません……雪音《ゆきね》さんだ」

それだけで場の空気にぴりっと緊張が走って、私の胸はどきっと高鳴った。

「はい……はい。いえ、もしかしたら置き場所がないかもとのことで……」

「ああーっ！　そうだ！　そういえば告知モニターの横が、空いてたなー！」

店長さんは電話に向けて、わざとらしく大声で言った。あはは、おもしろーい。でもでもメロもわかるよ、雪音ピを怒らせたくないもんね。店長の声は雪音ピに届いたみたいで、マネージャーさんが電話口から聞こえる雪音ピの返答に耳を傾ける。

「……『それは正面のモニター横のことですか？』……とのことです」

「い、いや、その……」店長さんは観念したみたいに。「……空けておきます」

さっすが雪音ピ！　圧力をかけるのが上手《うま》～い！　正面のモニター横っていったらエレベーター上がってすぐの一等地だ。嬉《うれ》しくてメロはついぱちぱちーって拍手しちゃって、あからさまにそういうのはやめなさいって、あとでマネージャーさんに怒られた。はーいごめんなさーい。反省はしてないけどね。

私は花音《かの》ちゃんとめいちゃんと一緒に、新宿《しんじゅく》駅東口広場でキウイちゃんと待ち合わせをしている。これから花音ちゃんの家に行くわけだけど、案の定というかなんというか、めいちゃんは激しく震えていた。

「推しの家……。推しっ、推し、推しの家……」

「そんないいもんじゃないよ……ボロアパートに、お姉ちゃんと二人暮らしだし」

「お、お姉さまがいるんですか⁉　はわわわわ……」

花音ちゃんがフォローするように言った一言に余計緊張を増しためいちゃんを横目に、私は花音ちゃんに確認する。

「お邪魔していいの？」

「ま、仕事でほとんど家帰ってこないし……」

「そっか。あ、キウイちゃん」

会話していたら、改札からキウイちゃんがやってくるのが見えた。黒マスクにフードを被《かぶ》って俯《うつむ》き気味で、やっぱりあまり外に出ることが好きじゃないみたいだ。ちなみにあれから一度、私はキウイちゃんと二人で二年ぶり以上のビデオ通話をしたから、キウイちゃんの見た目が激しく変わっていることを知っている。特に髪色ね。

到着すると、まずは勢いよく花音ちゃんが挨拶《あいさつ》した。

「はじめまして！　山ノ内《やまのうち》花音です！」

「えっと、高梨《たかなし》・キム・アヌーク・めいです！」

「……どうも。渡瀬《わたせ》キウイです」

小声で、遠慮がちに言う。花音ちゃんとめいちゃんともDiscordでは何度か喋《しゃべ》っていたけれど、こうして対面で話すとなると緊張するのだろう。学校に行かずに引きこもっていたのだとしたら、他人と会うのって本当に数年ぶりとかなんじゃないだろうか。

パーカの隙間《すきま》からちらりと覗《のぞ》くピンク色の髪の毛が見えたからだろうか、花音ちゃんとめいちゃんが「あ！」と驚くと、キウイちゃんは嫌な顔をする。

けれど私は、あまり心配はしていなかった。


「――その髪色、めっちゃかわいい！」

花音ちゃんが明るく、真《ま》っ直《す》ぐな口調でそんなことを言う。

ほらね、って思った。なんかこういうところが花音ちゃんなんだよな。

「素敵です！　最近はこういうアイドルもいますもんね！」

花音ちゃんに続いて言っためいちゃんの言葉にもきっと嘘《うそ》はなくて、

「……褒めてもなにも出ないぞ」

キウイちゃんはちょっと目を逸《そ》らして言う。ぶっきらぼうな言い方だけど、私にはわかる。少なくともこの二人のことを、嫌いだとは思っていなさそうだ。フードを取ると、ピンク色の髪の毛がぐしゃりと揺れた。

「あはは。なにそれ。よろしくね」

「おう。……よろしく」

改めて言う花音《かの》ちゃんにキウイちゃんがやや気まずそうに返すと、めいちゃんはキウイちゃんの髪の毛をじっと不思議そうに見つめている。

「けど……立北《たてきた》ってそんなに校則緩いんですか？　黒髪清楚《せいそ》のイメージがありました！」

めいちゃんのごもっともな疑問に、むしろ私が焦る。

「ああっ！　ええっとそれは――」

「ごめん。嘘《うそ》だったんだ」

私の言い訳を遮って、キウイちゃんがさらりと言った。私は驚いて、はっとキウイちゃんの横顔を見る。

「……嘘？」

花音ちゃんが、きょとんと首を傾《かし》げた。

「……人気者とか生徒会長とか、全部強がりで。私いま、学校行ってないんだよね」

「え。じゃあまひるさんから聞いた話は……」

「全部、作り話。……ごめん」

気まずい沈黙が流れる。

そんなとき、花音ちゃんがふっと気を許したように笑った。

「――そっか」

そして、にかっと笑って、こんな言葉を続ける。

「じゃあ、一緒だねっ」

「え?」

思わぬ言葉に、キウイちゃんは戸惑っている。私も花音ちゃんがなにを言うのか、わかっていなかった。

「私もほとんど行ってないんだ、学校。まあうちの場合は芸能系の子が多い学校だから、そういう子も珍しくないんだけど!」

あっけらかんと放たれた言葉には、本音を打ち明けるような親密さがあって。

「そう……なんだ」

キウイちゃんはどこかあてられたように、花音ちゃんの顔を見ていた。

「つまり! JELEE《ジエリー》は普通のＪＫが二人に不登校のＪＫも二人という、とってもバランスの取れたグループってことだね!」

なんだそれ。どう考えてもめちゃくちゃなことを言っている。

けれど――なんだかすっごく、花音《かの》ちゃんって感じだ。

キウイちゃんはぽかんとしたあと、呆《あき》れたようにふっと笑った。

「……それ、バランス取れてるって言うか？」


数分後。私たちは歌舞伎町《かぶきちょう》を四人で歩いている。前にめいちゃんと花音ちゃんが歩いていて、後ろに私とキウイちゃんが続く。

「お姉さん、稼げる仕事に興味とか……」

「ののたんはそういうことしません！　解釈不一致！」

「あはは！　いいぞ～めい！」

前では最強のボディガードによってスカウトが撃退されたりしていて、キウイちゃんがそんな二人を「なんだあいつらは……」みたいな目で見ている。

「二人とも、悪い人じゃなさそうでしょ？」

「ええ？」

不意を打つように私がドヤ顔で言うと、キウイちゃんははあと息を吐いた。

「……ま、スカウトとかナンパよりはマシだな」

しゃあなしだぞ、って感じで笑うキウイちゃんだったけど、きっとキウイちゃんにしては珍しいくらいのスピードで、警戒を解いてくれている。

「あ」

歩いているとふと、私の視界にカップティラミスのお店が飛びこんでくる。

目にとまった理由は簡単。私が最近、気になっていたお店なのだ。

「ね、あそこ寄っていかない？」

「……カップティラミス？」

花音ちゃんが返事をする。

「おいしそうです！　結構並んでますね？」

めいちゃんは両手を顔の前で合わせて、素直に目を輝かせた。

「最近ゆこちが紹介してたからねえ。さすがフォロワー三五万……」

「ヨルはホントに流行り物が好きだね？」

花音ちゃんが呆れたみたいに笑う。

「う……だって美味《おい》しそうなんだもん」

JELEE《ジエリー》を始めてからの私はちょっと変わった気がしてたけど、そういうところは変わっていない。ゆこちのフォロワーは着々と増えている。

「いいじゃん。甘いものは大歓迎だぞ」

キウイちゃんは同意してくれるけど、花音ちゃんは子供をあやすように言う。

「ダーメ。今日は遊びに来たんじゃないんだから」

「それもそうですね……美味《おい》しそうですけど……」

花音《かの》ちゃんがさらっと先導して、私たちはそのお店の前を素通りする。

「そっかあ……」

私がめちゃくちゃ後ろ髪を引かれているのを、「いくよー」って引きずられるみたいに花音ちゃんに引っ張っていかれた。


「いやぁ～！　やっぱり雪音《ゆきね》ピしか勝たんだね～！」

サンドーのメンバーとマネージャーさんと一緒に事務所の車に乗って、メロはすっごくご機嫌な気持ちになってる。雪音ピの名前を出した途端にあの表情、痛快だったなあ。

「メロちゃん、そろそろプロデューサーにピをつけて呼ぶのやめなさい？」

「えぇ～っなんで？　だってプロデューサーってPでしょ？　だったらピじゃん！」

マネージャーさんのよくわからない注意にメロは反論した。メロはなんにも間違ったこと言ってないもん。

「プロデューサーの意味で『ピ』って言う人、メロくらいだけどね？」

桃子《ももこ》が苦笑いしてる。

「けど名前出しただけであれって、やっぱすごいよ。新宿《しんじゅく》のパワレコだよ？」

あかりも頷《うなず》いて、車の後ろの窓からさっき出てきたところを眺めた。

雪音ピに対して失礼にならないようにと、等身大パネルだけじゃなく店内をずらっとサンドーの宣伝ポップであふれさせてくれた店長。半分脅迫なんじゃないかって思われるかもしれないけど、大人の世界にはこういう駆け引きも必要だってメロは知ってる。引きつった笑いで見送られちゃったけど、これで満足満足なのだ。

「うんうん。だから雪音ピについていけば、間違いなしなんだよ！」

「……だね。……これが売れなかったら私たち……さすがに詰みだし」

桃子が言う。そんなタイミングで高額バイトの求人広告の宣伝カーが隣を通ったもんだから、メロはちょっと不謹慎だけど笑っちゃった。

「……二年間、しんどかったね」

「うん。私なんて……二十歳になっちゃった」

あかりの言葉に、桃子がすっごい重たい実感と一緒に頷いた。メロはまだ十七歳だから平気だもーんって思うけど、十六歳と十七歳って全然違ったし、十七歳と十八歳って天と地くらい違うと思う。そう考えるとメロもあっという間に三十一歳、アイドルやってまーすかっこ泣き、みたいになってるのかもしれない。えっ怖い、時間よ止まれ！

「……ってこら。暗い話はやめ。……被害者もいる事件なんだから」

マネージャーさんの配慮は間違いなく、ののかに殴られた私に向けられてる。

まあわかるけど。私はつまらないことを言うなあ、と思いながら、車の窓から外を眺めていた。

「被害者……ね」

「どうぞー」

私たちは花音《かの》ちゃんの家に到着していた。

「お邪魔しまーす」

「お、おじゃましますっ！」

「うう……ティラミス……お邪魔します」

キウイちゃん、めいちゃんに続いて私がティラミスを引きずりながら部屋に入る。靴を脱ぐとクラゲの靴下が見えて、気付いた花音ちゃんがにやりと笑った。

「おお……下積み感満載だな……」

先頭で入っていったキウイちゃんが言う。玄関から奥に向かうと……なんというか、たしかに部屋は散らかっていて、下積みって言葉がしっくりくる。

狭めの二部屋にロフトがついた一人暮らし用のマンションって感じで、お姉ちゃんと二人暮らしだと聞いていたけど、となるとなかなか狭そうだ。どうやら普段花音ちゃんはロフトで生活しているらしく、ロフトの上には、やっとバイト代で買うことができたらしいマイクとオーディオインターフェース、音の反射を防ぐ防音材などがパソコンとともに配置されていて、そのすぐ近くに布団も敷いてある。秘密基地って感じだ。

下のフロアにはカップ麺《めん》、菓子パン、コンビニ弁当の空き容器などが散らかっていて、脱ぎっぱなしの服や、飲み散らかされた酎ハイの缶などを見ると、なんかすごく荒れた生活が想像できる。お酒はおそらく、一緒に住んでいるというお姉ちゃんのものだろう。

「……体壊すよ？」

私が正直に言うと、花音ちゃんは別に気にしない様子で。

「しょーがないでしょ、料理とか苦手だし」

めいちゃんは部屋の状況をどう捉《とら》えるべきか混乱しつつも、なぜかビニール袋を取りだして、その中に空気を詰めている。

「と、とりあえず推しの部屋の空気を……」

「保存するな」

花音ちゃんがツッコむ。この部屋は解釈違いじゃなかったのだろうか。

一方キウイちゃんはすごく探るように色々と見回している。鋭い視線だ。

「あんまじろじろ見ないでね？」

花音《かの》ちゃんに声を掛けられると、キウイちゃんは少し痛いところを突かれたみたいに、

「……すまん、なんでもない。えーと、ＤＴＭだったよな？」

「推し……っ、推しの部屋……！」

混乱のめいちゃん、まだ二人と打ち解けていないキウイちゃん。

なんというか正直……これから円滑に会議できそうな空気ではない。

「……ふむ」

状況を眺めながら思う。


ひょっとするとここは、普通の女子高生である私の出番かもしれない。

ぱちん、と手を打って音を鳴らすと、私に三人の注目が集まった。

「ね。それよりもまずはさ――」

＊＊＊

それから小一時間後。

花音ちゃんの部屋の机の上にはピザが二枚に、お菓子やジュースとお茶がたくさん並ぶ。私の提案で四人で買い出しに出かけたのだ。

「親睦《しんぼく》を深めましょー、ってことで！」

「だから遊びに来たわけじゃ……」

やや不満げな花音ちゃんだったけど、私はにっと微笑《ほほえ》む。

「いいの。集団作業っていうのはこういうのが大事なんだから」

私は珍しく自分の意見を強めに主張した。いつもふわふわクラゲ人間として生きてきた私だからこそ、こういう空気に関することには確信があるのだ。

「そ・れ・か・ら～、じゃーん」

私はご機嫌な調子を作って空気を暖めながら、傍らのビニール袋から『水族館チョコエッグ』と書かれた箱を四つ取り出した。開けるとランダムで海の生き物のミニフィギュアが出てくる、私の秘蔵っ子だ。

「はい、一人一つずつね」

「わあ！　チョコエッグです！」

「お前、ホントに海の生き物好きだな」

「まあねっ」

めいちゃんとキウイちゃんも喜んでくれているようだ。

「もう、それ開けたら作業だからね？」

花音《かの》ちゃんがそう言ったそばから早速、めいちゃんが箱を開けているようだった。

「あーっ！」

そして、チョコの中からフィギュアを取り出す。めいちゃんの指先には、半透明でなにやらもじゃもじゃした塊がある。

「これは……イソギンチャクですか？」

「あーイソギンチャクかぁ……ハズレだ」

私が言うと、めいちゃんはあらま、みたいな感じで口のあたりに手を添えた。

「これハズレとかあるのか？」

「そりゃ、イソギンチャクはハズレでしょ」

「まあ……そうか？」

首を傾《かし》げながらも、キウイちゃんもそれを開けた。

「お……私はこれ、タコか？」

「タコ!?　当たりじゃん！」

「いやどういう基準？」

キウイちゃんはきょとんとしている。わからないのだろうか。丸くて赤くて吸盤もあるんだから、こんなの当たりだと相場が決まっている。

「いいなあ。ほら！　花音ちゃんは？」

「まったく……」

ぶつくさと言いながらも、花音ちゃんは私に流されてくれて、渡してあるチョコエッグを開封しはじめる。

「私は……おっ？　タツノオトシゴじゃん！　やったぁ！」

「ハズレだ……」

「わりと当たりっぽいのに!?」

たしかに強そうだし竜みたいだしかっこいいのはわかる。けど、だからといって当たりとは限らないのが海の生き物の奥が深いところである。

「いや、だからどういう基準？」

「わからないかぁ……」

きっと水族館に足繁《あししげ》く通わないことにはこの感覚は摑《つか》めないだろう。私はふむ、と眉《まゆ》をひそめながらも、最後に自分のチョコエッグを開封した。

「それじゃあ私は……。……あーっ!!」

「どうしたの？」

花音ちゃんが私の手元を覗《のぞ》き込んでくる。

「これ！　見て！」

「え！」

思わずテンションが上がってしまった私だったけど、その理由は花音《かの》ちゃんにもすぐに伝わったようだった。

「……クラゲじゃん！」

私の手に握られていたのは、プラスティックでできた半透明のクラゲのフィギュア。そりゃ食玩《しょくがん》だからつくりはチープではあるけど、光に透かすとランダムに反射してキラキラ輝くそれは、まるで本物のクラゲのようでもあって。

「ははは。さすがJELEE《ジェリー》のイラスト担当」

「すごい！　運命です！」

キウイちゃんとめいちゃんも、楽しそうに祝福してくれた。

「ヨルは持ってるねえ。ちゃんと大事にしなよ？」

けど私は、そこで一つ思っていた。

私はクラゲのフィギュアを、花音ちゃんに差し出す。

「え？」

「嬉《うれ》しいけど、これ親睦会《しんぼくかい》だから。……JELEEのリーダーの証《あかし》ってことで」

そしてぽん、と、花音ちゃんが開いた手のひらの上に、それを置いた。

「……あずけておきます」

「っ！」

花音ちゃんはちょっと照れたみたいに私から目を逸《そ》らすと、「あ、ありがと」とかしおらしく言った。お、なんか結構効いてる？

「……あれ？　花音、顔赤くないか？」

「なんですか、まひるさん匂《にお》わせですか！　私、同担拒否なんですけど！」

「ち、ちがうって！」

そんなふうに騒いでいる三人を見て、これで少しはいい雰囲気になったかなって、私は安心していた。けどめいちゃんって、同担拒否系のオタクなんだね……。

＊＊＊

数時間後。

「ＤＴＭ、完全に理解しました……っ」

「ほんとかよ……」

私がロフトの上で花音ちゃんと作業していたら、下からなんかすごい言葉が聞こえてきた。

私も詳しくないけど、たぶんＤＴＭってそんな簡単に完全に理解できるものではないと思いま

す。花音《かの》ちゃんは素直に言葉を受け取ったのか、ロフトの上から下に顔を出して、

「終わったー？」

「おう、こっちはなんとかなりそうだ」

「おっけー！」

キウイちゃんがいいと言うならいいんだろう。そんなわけで私も一緒に下に降りる。四人でまた机を囲むと、花音ちゃんがいつもの手帳を開いた。

「じゃ、今後の予定決めてこ！」

そして花音ちゃんは当たり前みたいに、こんなことを言った。

「目指すはフォロワー一〇万人！　ということで次の曲は、来週の水曜日までに出したいって思ってます！」

「「え？」」

「……はあ？」

私とめいちゃんの声が揃《そろ》って、キウイちゃんは私たち二人より、呆《あき》れて眉《まゆ》をひそめている感じで返事をした。

「だから……予定に間に合わせるために、これから数日は毎日集まりたいなって！」

真《ま》っ直《す》ぐ、いつもの調子で言っているけれど、その内容は結構むちゃくちゃだ。

「ま、毎日、ですか？」

あんなにイエスマンだっためいちゃんも、やや困惑している。

「えーっと、花音ちゃん。私……明後日から普通に、学校があるんだけど……」

「そうだけど！　合間時間とかで集まろうよ！」

「いや……えーと……」

私が言葉に迷っていると、その表情を察したのか、キウイちゃんは真顔で花音ちゃんを見た。

「あのさ。……そんなのどう考えても無理って、私でもわかるぞ」

オブラートに包まずハッキリと。

けれどたしかに、そのくらいの無茶を言っていると私も思った。

「う……。め、めいは⁉」

「ののたん、ごめんなさい……私も週に三回レッスンがあるので……毎日は……」

たぶん、私たち三人が言っているのは真っ当で常識的な言葉だ。けれど花音ちゃんの表情は次第に焦っていき、どこか不機嫌すら匂《にお》ってくる。

「けど、それじゃ予定に――」

「いや、予定予定ってさ」

キウイちゃんの声にも、苛立《いらだ》ちが混じりはじめてしまった。

「それって勝手にそっちが立てたもんだろ？　大体なんで水曜日なんだよ？」

「それは……」

花音《かの》ちゃんは視線をさまよわせる。その目線には力がない。

「は、早いに越したことないでしょ！　こうしてる間にも時間は過ぎてくんだよ!?」

「あのなあ……私だって、配信したり自分の動画を編集したり、やることはいっぱいあるんだよ。学校があるまひるとめいは、余計無理だろ」

キウイちゃんはイライラを隠さず、真っ直《ます》ぐ正論をぶつけている。もちろんだけどいい空気ではない。

「えーと……次の月末とかじゃダメなの？」

私からフォローするように、横から現実的な提案をするけれど、

「だけど、間に合わせないと……」

語尾が弱々しくなって、視線も床に落ちる。なのに意見はまったく譲る様子を見せないのが、なんだかチグハグに見えた。

「だーかーら。何回それ言うんだって。間に合わせるってなににだよ？」

キウイちゃんが説き伏せるように言う。

「一人で立てた予定にか？　それが来月末じゃいけない理由は？　根拠は？　ソースは？」

「それは……」

「事情がないならみんなに合わせるべき。レスバトル全戦全勝の私と言い争っても無駄だぞ。いまのは完全に山ノ内《やまのうち》花音がおかしい」

半分興がのってきたくらいの勢いで畳みかけるキウイちゃんの言うことは、たしかに正論で。にもかかわらず花音ちゃんがこうも譲らないのは、一体どうしてなのか気になった。

「花音ちゃん。気持ちはわかるけど……足並み合わせないと。みんなJELEE《ジェリー》以外にも、しなきゃいけないことあるわけだし……」

「っ！」

私が言うと、花音ちゃんは表情を歪《ゆが》めて、立ち上がった。

「……わかった。私……コンビニ行ってくる」

「え、ちょっと――」

私の制止も虚《むな》しく、花音ちゃんは部屋から出ていってしまった。

「ののたん！」

「なんだアイツは……」

「わ、私言い過ぎた……？」

私がそわそわと言うと、キウイちゃんは貧乏揺すりしながら、

「別に。元々そういうやつなんじゃないのか？　あんな事件起こすくらいだし」

「キウイちゃん、それは……」

私は窘《たしな》めるように言う。もともとズバッとものを言うタイプではあるけれど、私は花音ちゃんのことも好きだから、デリケートな部分を刺すような言葉は聞きたくなかった。

「……悪い」

さすがに言いすぎたと思ったのか、キウイちゃんは素直に謝った。

「……あの！」

不意に声をあげたのはめいちゃんだった。私たちは、めいちゃんのほうを見る。

「来週の水曜日……でしたよね？」


『サンフラワードールズ再始動！　ということで、来週水曜日にダブルA面シングルが発売されます！』

めいちゃんに見せてもらったのは、数日前に放送されていたらしい、ネットTVの音楽番組のアーカイブだった。

「なるほど……な。……まあ、帰ってきたらゆっくり話そう。対抗心ってことなら私もわからなくは――」

キウイちゃんが納得したように声を漏らすと、不意に。

玄関のほうから、ドアが開く音がした。

「ののたん!?」

めいちゃんが声をあげて、玄関へと向いて立ち上がる。

けれど、近づいてくるドタバタとした足取りは、花音《かの》ちゃんとは違う声を私たちの耳に届けた。

「花音～！　担当のストーリーに被《かぶ》りのネイルが……って、あれ？」

入ってきたのは、私たちの知らない、栗色の髪の毛で派手なルックスのお姉さんだった。

＊＊＊

数分後。謎《なぞ》の派手なお姉さんは、私たちのことを聞くこともなく自己紹介もすることなく、めちゃくちゃキウイちゃんに泣きついていた。

「あの背景、絶対伊豆《いず》だもん……私とは歌舞伎で済ますクセに～！」

「大丈夫ですって。きっと裏切ったわけじゃないと思いますよ」

「助けて……私をこの沼から……」

なにやら話を聞いていると、ハマっているホストクラブのホストが別のお客さんと旅行に行っているのをインスタのストーリーに上げていただとかなんとかで、TikTokで千回見たホス狂ってやつの愚痴を生で見れて感激～、みたいな気持ちになっている。とても不毛な時間だ。

お姉さんは、心から感動したようにキウイちゃんの手を両手で握った。

「ピンク少女……あんた最高にいい女だよ……」

「……はあ」

キウイちゃんも苦笑していた。

「……で。君たち……誰？」

「順序おかしくないですか!?」

私は思わず、ツッコんでしまっていた。私の役割ってもうこれなのかな？


「ということで、一緒に音楽グループをやってまして……」

私たちが身分を明かすと、お姉さんは嬉《うれ》しそうに声をあげた。

「てことはつまり、花音《かの》の友達!?」

お姉さんは声を弾ませながら、冷蔵庫から取り出して飲んでいるスト缶の縁を指でなぞる。黒を基調としたゴスっぽいネイルが目に付いて、やはりTikTokでよく見た歌舞伎町《かぶきちょう》がここにある。やがてにへらっと笑うと、ぐいっと一杯あおってみせた。

「ぷはぁっ！　そうかそうか～、ついにあの子にも……。あ、私は美音《みおん》。あの子の姉で、いまは一緒に住んでんの。で……その肝心の花音が見当たらないんだけど、トイレ？」

「い、いえ……実は色々ありまして……」

私は濁しながら答える。

「いろいろ？」

「……実はさっき、喧嘩《けんか》しちゃって」

キウイちゃんが言うと、

「へえ！　あの子が喧嘩！」

なんでずっと嬉しそうなんだろうこの人は……。

「……あ、あの！　お姉さま！」

「お姉さま？」

めいちゃんが緊張しながらあげた声に、美音さんはただでさえぐにゃぐにゃな声を、さらに疑問形でへにゃっと曲げた。

「わからないことがたくさんで……聞かせてくれませんか。私の知らない、ののたんのこと」

めいちゃんの言葉に、私もはっとする。

「……私も！　……私も花音ちゃんについて、知りたいです」

すると美音さんは、くすっと優しく微笑《ほほえ》んだ。

「あー……そっか。……君たちなんだ」

「え？」

そしてまた勢いよくお酒を胃に流し込む。なんかすでにすごい酔ってるっぽいけど大丈夫なのかな。

「ぷはあっ。ううん、こっちの話。普通なら内緒だけど、いいよ。ピンク少女に借りもあるしね」

得意げにキウイちゃんを見ながら言うけど、キウイちゃんは「はあ」って感じで取り合っていない。美音《みおん》さんはどんどん酔いの深いところに入っていってる感じがするけど、まあそのおかげで過去を聞けてる感じもするからいい、ということにしておこう。

「あの子って、元々自分でアイドルやりたいって言ったわけじゃないんだ」

「そう……なんですか？」

私は聞き返して、話の先を促す。

「うち、花音《かの》が小学生の頃、両親が離婚しちゃったんだけど。花音はそれからずっと、母親にべったりになったんだ。母親が喜ぶことをしたい、あの人の言うことを聞きたいーって。私と真逆よ」

「……そうは見えなかったな」

キウイちゃんが意外そうに言う。私も同じことを思った。だってなんというか、炎上で引退して、金髪に染めて渋谷《しぶや》の街をうろついて。花音ちゃんって親の言うことなんて気にしないどころか、生まれながらの反抗期みたいな印象すらあった。

「えーと。ってことは、アイドルに応募したのがお母さん、とかですか？」

私が尋ねると、

「えーと、それもちょっと違ってね」

そんな話を、めいちゃんだけはじっと黙って聞いていた。

「サンフラワードールズのプロデューサー・早川雪音《はやかわゆきね》。その人こそが、うちの母親なんだ」

「プロデューサー……」

言いながら私はキウイちゃんと視線を合わせるけど、めいちゃんはじっと俯《うつむ》いたまま、床を睨《にら》んでいる。きっとこの話も知っていたのだろう。

「だからあの子は誰よりもストイックだったし、実際結果も出してた。けど、そのせいかグループではちょっと、孤立してたね」

私はさっき、私たちと喧嘩《けんか》してしまった花音ちゃんの様子を思い出す。

「それで……あの事件があったでしょ」

「事件って……メンバーを殴った、っていう……」

私の言葉に美音さんは頷《うなず》いて、さらにごくごくとスト缶をあおる。

「あの子がなんであんなことしたのかは知らないし、事情も聞いてない。けど、引退してから花音はお母さんとも口をきかなくなって、うちに転がり込んできて。ずっと沈んでたのよ。毎日部屋にこもって、外に出たかと思えばエナジーバーと炭酸ジュースを買ってくるだけで。あんた、いつかホントに死ぬよ、って」

美音《みおん》さんはそのころの暗い記憶を思い出したのだろうか、はあっとため息をつく。

そして、また別のことを思い出したように、くすっと笑った。

「けど、近頃はどんどん活き活きしていったっていうか、前向きになっていって——」

「前向きに？」

めいちゃんが尋ねると、美音さんは窓から見える月を眺める。

「私が酔っ払ってここで寝てたらね。あの子が呆然《ぼうぜん》と外を眺めてて、いっちょ前に、月明かりに照らされてたりしてて。なんか、すっごくドキドキした感じの顔してたの、どーしたの、恋でもしたかって聞いたら、言うわけ。『お姉ちゃん、どうしよう……！』って」

それもきっと、私たちが知らない花音《かの》ちゃんの表情だ。

「で、どうしようって？　って聞いたらね、言うわけ」

美音さんは照れくさそうに頰《ほお》をかくと、お姉ちゃんって感じの、大人びた温度で笑った。

「『私最近……毎日が楽しすぎる！』……って」

美音さんの言葉に、吸い込まれていた。

「……私も仕事ばっかりで、寂しくさせちゃってるからさ。そっか、花音にもやっと、そーいう人ができたんだなって思ってさ。まあ……男じゃないのが意外だったけど」

酔いでぽーっと赤くなった頬には、けれど大事な家族の幸せを祈る優しさが滲《にじ》んでいる。

「……やばい、語りすぎて頭痛くなってきた……」

「や、単純に飲みすぎじゃないですか？」

キウイちゃんが冷静に言う。

「ごめん、花音の友よ、そこの缶取ってもらえる？」

私は目を合わせてお願いされるけれど、

「もう飲まないほうがいいですって！」

「うるさい！　酒に勝てるのは酒だけ！」

そして自分でスト缶を取って飲みほして、隣の部屋の布団にダイブして寝てしまった。もうなんでもありだな。

「この姉にして、あの花音あり、って感じだな……」

空になったスト缶を手にとって、からからと軽く振りながらキウイちゃんが言う。

「うん。……けど」

花音ちゃんが出ていった外を見る。

いまの話を聞いて、やっとわかった。

対抗心とか、向上心とかもあったのかもしれないけれど。

花音《かの》ちゃんはそれよりもきっと——

嬉《うれ》しくて、寂しかったんだ。


また、やっちゃったな。

一人で新宿《しんじゅく》の街を彷徨《さまよ》いながら考えているのは、そんなことだった。

コンビニから菓子パンとお茶だけを買って出たわたしは、街ゆく人を眺める。そういえば今日は酉《とり》の市《いち》の屋台がたくさん出ているんだから、そっちを買えばよかったな、なんて思いながらも、北海道のマークが描かれたチーズ蒸しパンを頬張《ほおば》っている。甘くてじゅわっと口の中で溶けたけれど、ひとりで食べる菓子パンは寂しくて冷たいってことをわたしは知っていた。

一緒に買ったお茶で、パンが水分を持っていった口の中を潤す。十一月の新宿の空気は冷たくて、菓子パンも冷たくて、お茶も冷たくて。こんな調子なら飲み物くらいは温かいものを買えばよかったな、なんて思うけど、あとの祭りだった。

わたしはいつも、自分がこうしたいと思ったら暴走してしまいがちだ。周りから見たらわがままに見えるかもしれないそれも、自分のなかではきちんと理由があって、もっといいものを作ったり、目標に向かって進むためだったりするんだけど、全部の気持ちを共有するのはなかなか難しい。気付けばわたしだけがやり直しを希望していて、そのせいでレコーディングが滞る、なんてことも珍しくなかった。

それでもわたしには歌う理由があったから、前を向いてやってこれた。いや、ひょっとしたらそう、自分に言い聞かせていただけなのかな。

「……寒い」

無意味に街を歩きながら、思い出す。

わかり合える仲間を見つけたかもしれない、って思えたJELEE《ジエリー》のメンバーにも、わたしの幼いところを見せてしまった。いつまでに動画を出さないといけないんじゃないか、こんなふうに歌わないといけないんじゃないか。そういう強迫観念が頭に浮かぶとどうしてもそれを達成しないといけないような気がして、実現しないとわたしは誰かに失望されて、捨てられてしまうんじゃないかと不安になって、いても立ってもいられなくなる。だから目標を実現するために無茶を言って、結局のところ空回りしてしまうのが常だった。

わたしはずっと、そんなことばかりを繰り返している。

ホストやぴえんやスーツの社会人や派手な夜職のお姉さんたちがごっちゃになる繁華街。夜の新宿を、橘《たちばな》ののかとは違う色に髪の毛を染めて、アイドルとは真逆の服装をして、自分じゃないなにかになったつもりで歩いていると、わたしも雑多な街の一部になれたような気がして、寂しさが麻痺《まひ》した。

そんなとき。

『すご～い！　ほっかほか！』

――新宿《しんじゅく》のサイネージに、わたしのよく知る声が、流れはじめた。

「……え」

映し出されているのはサンフラワードールズが出演している中華まんのＣＭで、見知った三人が仲よさそうに笑顔を作っていた。肉まん、あんまん、ピザまんを二つに割って、カメラに向けている。

湯気の立ったそれらは、見るからに温かそうで、美味《おい》しそうで。

――寂しく、なさそうで。

かつての仲間たちは三つを同時に頬張《ほおば》ると、

『美味しい～！』

声を合わせて、幸せな笑顔を弾けさせた。

かたや自分の手のなかにあるのは、冷えきった菓子パンと、味気ない緑茶だけだ。

「っ！」

三人の表情を見ると思い出す。

『あの——もう一回歌っていいですか?』

自分の歌に納得のいかなかったわたしが、誰に言われるでもなくリテイクを希望して。

『ね、あそこって、ゲームの挿入歌の、しかも二番のところだよね?』

『ほとんど誰も聞かないのにね』

『なーんか、ののかだけちょっと、温度感違うよね〜』

メンバーに噂《うわさ》されているのを、わたしは知っていた。

だけどわたしは、こだわりつづけることを、やめられなかった。

だってわたしには、歌う理由があったから。

誰かのために歌うっていう、前に進む理由があったから。

黒髪清楚《せいそ》のサンドーの立ち姿を映した宣伝を最後に、サイネージの映像が終わる。暗くなった画面に、いまの自分の姿が映った。金髪で派手な服装をして、全部に反発するみたいな目つきで画面を睨《にら》んでいるわたしは、直前に映っていた黒髪清楚のアイドルとも、過去のわたしとも似ても似つかなかったのだけど——

ほんとうは、そうじゃないのかもしれなかった。

「わたし——なんにも変わってないなあ」

わたしはきっと、あの頃のままだ。

わがままを言って困らせて。それはたぶん元をただしたら、自分のためだった。みんなに評価してほしくて、誰かにわたしを必要としてほしくて、だから間違ったわたしが記録として残るのが怖くて不安で、みんなとぶつかりつづけてきた。

歌のため、グループのためとか言いながら。

結局はぜんぶ、わたしの欲望のためだった。

「……あーあ。帰れなくなっちゃったな」

つぶやいて、気がつく。

そっか。

わたしにはいま——居場所がないんだ。

ポケットに手を突っ込んで歩きはじめると、指先になにか硬いものが当たる。

そこから出てきたのは、クラゲのおもちゃだった。

「あ……」

——『JELEE《ジエリー》のリーダーの証《あかし》ってことで』

ヨルの照れたような、はにかんだ笑顔が頭に浮かんだ。
私が初めて『海月《うみつき》ヨル』に触れた日の景色が、頭に蘇《よみがえ》る。
わたしが全部わからなくなったときに、事件みたいに出会って。
渋谷《しぶや》の街で強く自分を主張する、カラフルなクラゲの壁画が、頭から離れなくなって。
人の目なんて気にしないで漂うクラゲの輝きが、前に進む理由をくれた。
そんな壁画の作者と一緒に音楽をやれていて、笑い合うことができている。
これはきっと、奇跡みたいなもので。

もう、失いたくないな。
そんなことを思った。

「け、けど！　私なんかが個人的にお電話をかけてしまっていいのでしょうか⁉」
私はキウイさんと一緒に新宿《しんじゅく》の街を歩きながら、ののたんに電話をかけるかを逡巡《しゅんじゅん》しています。あまりにも恐れ多くて――

「いいから早くかけろ」

「は、はい！」

キウイさんにズバッと言われてしまったので、私は覚悟を決めてかけることにしました。DTMのときもそうですし、キウイさんは基本的に正しいことしか言わないので、従ったほうがいい結果を生むに違いありません。

「……出ませんね」

「そうか……」

もう完全に冬の空気になった夜の街、ののたんがこの中を一人で歩いていると思うと、心配でなりませんでした。どうか心までは凍ってしまいませんように。

「めい、なにか手がかり知らないか？」

キウイさんに聞かれて、私には一つ、思い当たることがありました。

「ミニライブ……」

「え？」

「今日、この後サンドーが花園神社《はなぞのじんじゃ》の酉《とり》の市《いち》でミニライブをやるんです！」

もしものたんがサンドーを意識していて、そのために無茶を言っていたのだとしたら、気になってその場所に行っているかもしれません。

けれどどうしてでしょうか。それを聞いたキウイさんは、その場にぴたりと立ち止まってしまいます。

「……？　どうしたんですか！　ライブ会場はあっちですよ！」

キウイさんは思い詰めた表情で、道路の脇《わき》から続く裏路地と、華やかな人がゆく明るい酉《とり》の市《いち》の屋台が続く方面を、交互に見ます。

明と暗。隣り合わせなのに対比するくらいにハッキリしたコントラストは、まるで街自体が普通と変に境界線を引いているようで。

「寂しい人間は……そんな賑《にぎ》やかなところ、息苦しいよな」

キウイさんの言葉はどこか、自分と近い存在を慈しむような響きを持っています。

それは私に『似たもの同士』と言ってくれたときの、ののたんを思わせました。

「……そっちじゃないと思う。花音《かの》がいるのはたぶん、もっと――」

私はキウイさんの視線を追います。すると、道行く高校生の女の子たちが、カップティラミスを持ちながら写真を撮っているのが目に入りました。……カップティラミス。

「キウイさん！」

そのとき私は、ののたんのアイドルとして一番尊敬できるところを、思い出していました。

＊＊＊

「ののたんは、話したこととか約束とか、……好きなものとか！　覚えてくれるアイドルなんです！　もしかしたら――」

　私が赤髪だったということがわかっただけで、ピアノの演奏を聞きにいく約束をした木村《きむら》ちゃんだって思い出してくれて。たった一回頼んだだけなのに、私の好きな飲み物を覚えていてくれて。

　ののたんは、そういうアイドルなんです。

　キウイさんを先導して走って、私はそこに向かいました。

　到着したのは、今日のお昼に通りかかったカップティラミスのお店。まひるさんが食べたいと言って、ののたんが拒絶した、あの店でした。しかし、店員さんはもう店内の明かりを消して、お店を閉める作業を行っているところでした。

　背が高く髪が短い大柄な黒人さんが、地面に置いてある看板の電気を、いままさに消そうとしています。

「あの、すみません！」

　キウイさんが声をかけると、その店員さんがこちらに視線を向けます。

「ここに女の子、来ませんでしたか？」

「オナノコ？」

「えーと、金髪で……」

キウイさんが特徴を伝えようとしますが、どうやら日本語が伝わっていないようでした。

「Sorry, my job is only to close the store. I don't speak Japanese.」

「あ、あー……えーと」

キウイさんが店員さんの英語を聞き取ろうと努力しています。けれど、店員さんはしっし、と私たちを追い払うようなジェスチャーをします。なんてひどい、それがお客さんに対する態度でしょうか。

それに、なんでも出来るキウイさんにも出来ないことがあったのだと思うと、私は少し安心しました。


ここは、私の出番かもしれません。

「――May I ask you something?」


私が、店員さんに話しかけました。キウイさんが驚いて、私をぽかんと見ています。

ちなみにいまのは『一つ聞いてもいいですか？』という意味で、その前の店員さんは「ごめんなさい、私の仕事はお店を閉めることだけで、日本語はわからないのです」と言っていました。私はこちらを見てくれた店員さんに、丁寧にこう伝えます。

「――Did you see a girl with blond hair and has a super pretty face who's like sunshine, somewhere?（金髪で、顔が最高に可愛《かわい》くて、太陽みたいな女の子を、どこかで見ませんでしたか？）」

すると店員さんは、Oh! とピンときたように表情を緩めます。

「That girl went that way!（その女の子ならあっちへ行ったよ！）」

指差して、ののたんの向かった方向を教えてくれました。人違いの可能性もゼロではありませんが、ブロンドヘアでスーパープリティフェイスでサンシャインライクな女の子なんて、きっと新宿《しんじゅく》にはののたんしかいません。

「Thanks a lot!（ありがとうございます！）」

「サ、サンキューベリーマッチ！」

私たちは感謝を伝えると、その方向へと走り出しました。

「……英語、喋《しゃべ》れるんだな？」

「はい。母に習ったので。……変ですか？」

キウイさんはすっごく呆気《あっけ》にとられた表情で私を見ています。私ってそんなに、英語が似合わないでしょうか？　地毛の赤髪から黒に染めたからですかね？

店員さんから教えてもらった方向にしばらく走っていると、やがて、金髪の女の子の人影が見つかります。私が、捜していた人です。

「Nono-tan!」

さっきまでの流れでドラマチックな洋画のような気持ちで言ってしまいましたが、そこにいたのは間違いなくののたんでした。まひるさんが食べたいと言っていたティラミスを六つ持っていて、けれど抱えきれずにわたわたしています。さすがはドジっ子属性です。

「……なにやってんだ」

「や、ち、違う……これは」

顔を赤くして、ティラミスを隠すように後ろを向いて。どうして隠そうとしているのでしょう。気が変わって、独り占めするつもりでしょうか。食いしん坊属性だとしても推せます。

「はあ……悪かったよ」

「え？」

キウイさんの言葉にののたんは振り向き、ぽかん、と口を開きました。

「ほら、貸せ。っていうか、なんで六つ？　誰の分だよ」

ぶっきらぼうに言いながらも、ののたんの荷物を持ってあげているのが、キウイさんの優しいところだなと私は思います。

「……六種類、味があったから……どれが好きかなって……」

「バカか、お前は」

「う、うるさい」

たじたじになっているののたんも不憫萌《ふびんも》えで、私のなかにコレクションされているののたん萌え表情リストに、新たなものが加わりそうでした。

「ほら、行きましょう？」

ののたんはうん、と頷《うなず》きますが、やがて私たち二人を、不安げに見つめます。

「……ヨルは？」

私はキウイさんと顔を見合わせて、にっと笑いました。

もう、ほんっとに恥ずかしい。

無茶を言って断られて、勝手に怒って飛び出して、かと思ったらお詫《わ》びの品なんて買ってるところをバッチリ目撃されて、もうホントにつらいしんどい。

けど、こうしてわざわざ追いかけてきてくれて、わたしがなにをしようとしてたのかまで、わかってくれて。いままで一人ぼっちで寂しかったから、なんかそんなちょっとしたことが、わたしをとっても嬉《うれ》しくさせた。迷惑をかけておいてそこを嬉しく思ってしまってるなんて、もしかしてわたしって厄介なかまってちゃんなんだろうか。

わたしはこれからなにが待ってるのかまったくわからないまま、いいからいいから、とかキウイに言われて、そうですそうです、とかめいにまで秘密にされて、企《たくら》んだように笑う二人の後ろについて帰っている。どうしてヨルがいないのかについては教えてくれなくて、ひょっとして酷《ひど》いことを言っちゃったからまだ怒ってるのかなって不安になった。

アパートに到着して、階段を上がる。キウイがドアを開けてくれて、わたしに振り返った。

「ほら花音《かの》、入れよ」

「い、いや私の家だからね？」

なんてことを言いながらもドアをくぐると――

いつもと違うもわっと湯気のような空気が顔を覆って、クリーミーな良い匂《にお》いが漂ってきた。

「ただい……ま？」

「……え」

それだけじゃなかった。悲惨なくらいに散らかっていた部屋が整理整頓《せいとん》されていて、キッチンには、勝手にわたしの青いエプロンをして鍋《なべ》の前に立っているヨルがいる。

「あ。みんな、おかえり。もう少しだからちょっと待っててね」

い、一体なにが起きてるの。なんでヨルは当たり前みたいにわたしの部屋をピカピカにして、うちのキッチンでクリームシチューをぐつぐつ煮込んでいるんだろう。何が何だかわからなくて、わたしが部屋を呆然《ぼうぜん》と眺めていると、ヨルが顔だけをこっちに向けて、得意げにお玉を掲げながら笑った。

「あ、部屋？　煮込んでるあいだ、時間あったから」

いや、時間あったから、じゃなくてだね。もう。

キウイとめいはわざわざ追いかけてくれて、ヨルはこんなふうにお世話みたいなことしてくれて。なんかこの三人、優しすぎない？　だって悪いのは、わたしなのに。

なんだか喋《しゃべ》るといろんなものがあふれてしまいそうだったからじっと黙って、私は女房ですみたいな立ち振る舞いでクリームシチューの味を調整するヨルの後ろ姿を、わたしは口を結んで見ておくことしかできなかった。


十数分後。ヨル特製のクリームシチューが、食卓に並べられた。

わたしはまだちょっと現実感のないまま、盛られたお皿の前に座る。

「召し上がれ」

やっぱりしれっと正妻みたいなことを言ってくるヨルに苦笑しながらも、わたしはそのクリームシチューに釘付《くぎづ》けになっていた。

「おおー！　うまそうだな。いただきます！」

「まひるさん、ありがとうございます。いただきますね」

勢いよくシチューをかきこむキウイと、お行儀よく一口ずつ口に運びはじめためいに続い

て、わたしも遠慮がちにスプーンを手に取ると、

「……いただきます」

シチューをすくって、口に運ぶ。ほくほくになったじゃがいもが口のなかで崩れて、優しい甘さが広がった。

たったそれだけなのに。

わたしは感極まりそうになって、思わず手を止めてしまった。

「どうしました？」

「……シチューって」

「うん？」

声だけを届けるつもりだったのにヨルがわたしの顔を覗《のぞ》き込んできちゃったから、わたしは顔を見られないように、ちょっとだけ俯《うつむ》いて。

「……シチューってこんなに、温かかったっけ……」

ふふ、と嬉《うれ》しそうに笑う、ヨルの声が聞こえた。

喋《しゃべ》ったら零《こぼ》れてしまいそうだと思っていた涙。わたしはそれが簡単に決壊させられてしまいそうな気がして、だから誤魔化すみたいに思いっきり、手を止めないでばくばくと食べはじめた。

「おいおい花音《かの》、どんだけ腹減ってたんだよ」

「食いしん坊ののたんも、むしろありです!!」

「まだまだおかわりもあるからねー?」

暖かい湯気でぼやけた視界の先。

三人が顔を見合わせて笑っているのが、少しだけ滲《にじ》んで見えた。


花音ちゃんたちが私の作ったシチューを完食したあと。

私たちは動画制作の作業に移っていた。

「ね、これなら動画に使えそう?」

「あー……ここ、背景透過できるか?」

「あ、だよね了解」

私はキウイちゃんと話し合いながら、映像を完成させていく。このペースなら、今日だけでもほとんど完成くらいまで進めることができそうだ。

私たちの横ではめいちゃんがヘッドホンをしながら、パソコンの画面としかめっ面で向き合っている。表情からして明らかに手こずっているみたいなんだけど、めいちゃんDTMを完全に理解したんじゃなかったんですかね。

「ねえ……」

そんなとき。

作業に集中できない、といった様子で不安げな声を漏らしたのは、花音《かの》ちゃんだ。

「……三人とも、そろそろ帰り大丈夫？」

その表情は、まるで捨てられることを恐れる子供のようで。

私は改めて、そっか、って気がつく。

花音ちゃんはきっと、強いけど弱いんだ。

「なーに言ってんだよ」

キウイちゃんがへへっと、キウイちゃんらしく笑う。

「週に何回も集まるのは難しいかもしれないですけど……」

めいちゃんがお淑《しと》やかに、めいちゃんっぽく笑った。

「今日は、トコトンやろうよ」

だから私も私らしく、花音ちゃんに笑いかけた。

「みんな……」

だって、私たちは決めたのだ。

美音《みおん》さんから話を聞いて、花音ちゃんの気持ちを少しだけ、多分ほんの少しだけだけど、理解できて。

だったら私たちの生活に影響が出ない範囲でなら、全力で寄り添おう、って。

「けど、どうして急に……?」

そう言われると、わりと困った。

だって私たちが意見を変えたのって——

「えーと。実は美音さんから昔のこと、いろいろ聞いちゃって……」

私がしどろもどろに白状すると、花音ちゃんの表情は「え」と一気に不安に染まる。ちなみにその美音さん当人はいまだに、仕切られた部屋の向こうで爆睡している。

「ごめんなさい、聞いたのは私なので、悪いのは——」

めいちゃんが申し訳なさそうに言うのを、

「——私は、さ」


キウイちゃんの声が遮った。

私たち三人の視線がキウイちゃんに集まる。私はキウイちゃんがこれからなにを話そうとしているのか、想像できなかった。

「小学校まではクラスのスーパースターだったんだ。けどそこからの転落はひどいもんでさ」

芸人の笑い話のような流暢《りゅうちょう》なトーンで語られたのは、キウイちゃんの過去の恥ずかしいエピソードだ。

「まひると別れて都内の中高一貫の進学校に行ったたって話しただろ？　その初日の入学式のあと、自己紹介があったんだけど――」

抑揚をつけて、配信で培ったスキルをフル稼働して。まるで自分を情けないものとして自虐して聞かせるそのコミカルな語り口は、さすがは人気VTuberって風格だ。

「――ってな感じで大スベり！　あの瞬間、私の学校生活は終わったと確信したね」

「そんなきっかけだったの!?」

私の知らない話だったから、私はそういう意味でも驚いていた。まさかあの中学一年生のときの私との電話が、ノクスの始まりだったなんて。

「キウイさん、面白いです！」

めいちゃんは大きく笑っていて、花音《かの》ちゃんは口を半開きにしながら、キウイちゃんを見つめている。でも、そうだよね。

聞かれたくないだろう過去を聞いてしまったぶん、自分の恥ずかしい話もしてみせる、なんて、本当にキウイちゃんらしい、天邪鬼《あまのじゃく》な励まし方だ。

「あはは。……ありがと」

きっとその意図を察したのだろう、花音ちゃんは目を伏せながらしみじみと微笑《ほほえ》むと、柔らかい声で言った。

「──なんのこと？」

キウイちゃんは、得意げにふふん、と笑った。

まったく。だったらそのドヤ顔をやめるんだね。なんて思ったけど、それもまた可笑《おか》しくて、かっこよかった。

花音ちゃんとキウイちゃんはしばらく目を合わせる。やがてキウイちゃんが「見すぎ」というツッコミを入れると花音ちゃんが顔を赤くして、「なにもう！」とかあわあわと言っている。

さっきまではあんなに喧嘩《けんか》していたけれど、うんうん。雨降って地固まるってやつだね。買うべきはチョコエッグじゃなくてカップティラミスだったか。

「じゃ、じゃあ次は、私の番ですね！」

めいちゃんもキウイちゃんの意図を汲《く》んだようで、緊張した口調で言う。ぶっ飛んだところもあるけれど、人の優しさには気づける、優しい子なんだよね。

「実は私……歌が大の苦手で……」

「え。ピアノはあんなに上手なのに？」

私が聞き返すとめいちゃんは頷《うなず》いて、恥ずかしそうに、話を始めた。

めいちゃん曰《いわ》く──中学生の頃。

歌のテストで歌うのが恥ずかしくて声が震えてしまい、クラス中から失笑されてしまった。歌えば歌うほど震える声。辛《つら》くてどんどん涙目になっていったけれど、めいちゃんはがんばって歌っていたらしい。けど。

「──『高梨《たかなし》さん。もう大丈夫ですよ』って、先生にまで止められてしまって……。それで、もっとくすくす笑われてしまったんです」

めいちゃんは悲しそうに、寂しそうに。

「先生にまで止められたのがすっごくショックで……まるで私が変だって、世界に決められちゃったみたいで……」

「ちょっと、わかる」

ぼそりと、キウイちゃんが言葉を落とした。

「先生にまで言われるとさ……自分のこと、信じられなくなるよな」

めいちゃんが激しく同意して、うんうんと頷《うなず》き合っている。なんかこの二人もすごくデコボココンビな気がするけれど、仲良くなれてきたみたいでよかったよかった。

「そうなんです!!」

「めいも……ありがとっ」

「いいえ。ふふ。…………でゅふふ」

最初はお淑《しと》やかな笑みで綺麗《きれい》に締まりそうだったのに、めいちゃんは途中で我慢できなくなっていつものオタクスマイルに移行してしまった。けど、そんなところがめいちゃんらしいし、私はもう、そのほうが居心地がよかった。

しかし。そこで私は気がついていた。

――となるとえーと、次は。

「えーと！　私は……私は」

こうして二人が恥ずかしいエピソードを披露したのだから、なにか自分も喋《しゃべ》らないといけない、みたいな感じがしてくる。そんな考えは空気読みすぎな私の悪い癖だろうか。

「あはは。別に義務じゃないんだぞ？」

キウイちゃんは言ってくれるけど、たぶんJELEE《ジェリー》の人間関係円滑担当大臣としてやっていくことになるだろう私だから、ここで一人だけなにも言わないわけにはいかない。

けど私ってやっぱり普通の女子高生だから、三人みたいに鉄板の過去エピソード、みたいな引き出しがあるわけではなくて。

「……あ！」

うーんと考え込んだ結果、私の頭に浮かんだのはやっぱり普通の女子高生らしい、修学旅行の夜にJKが話しそうな告白だけだった。

「なになに？」

「えっとね」

そして私は思いついたそれを、ちょっと照れながら言葉にする。

「実はいま……ちょっと気になってる人がいて」

「「ええ!?」」

花音《かの》ちゃんとキウイちゃんが、ぐいっと身を乗り出して、大声を出した。

「……へ？」

思ったよりも大きいリアクションに、私は困惑した。

＊＊＊

みんなの思いを共有しあえて数時間後。

私たちのＭＶ作りは、佳境を迎えていた。

「ね！　ここ、ちょっとだけ歌詞変えてもいい？」

「この歌詞なら、ここの旋律、ぐいっと明るくしたいです！」

花音ちゃんが言うと、めいちゃんがそれに対応する。

「私このフレーズ好きだな………差分、もう一枚描きたい！」

「とりあえず録音できたものから送ってくれ。リアルタイムでミックスしてくから」

私の熱量も、キウイちゃんがまとめ上げてくれた。

「……もう一杯飲みたい……」

隣から聞こえる美音《みおん》さんの呻《うめ》き声は……まあ、あんまり関係ないね。

カーテンから、朝の陽が差し込んでいる。

結局全員で徹夜してしまった私たちの目の前にあるタブレットには、YouTubeの動画アップロードの画面が表示されている。寝ぼけ眼でマウスを操作しているのは花音ちゃんだ。

「タイトル、概要欄、サムネ……これで、問題ないよね……？」

「おう……あってる」

花音ちゃんは眠い目を擦《こす》りながら、キウイちゃんに最後の確認をする。

「で……ここだよね？」

「ああ……そこだな……」

今後インターネット担当大臣を担うであろうキウイちゃんが眠そうに答えて、花音ちゃんが指示された場所をクリックすると、画面が切り替わって動画がアップされはじめた。

「こ、これで……？」

「あとは……待つだけだな」

「で、できたーっ！」

花音ちゃんが声をあげると、私たち三人も顔を見合わせて、喜びをわかちあう。

「「やったーっ！　……っ！」」

声を合わせて喜びを共有すると、私たちはばたり、ばたり、と順番に倒れて、眠りに落ちていった。メイクも落としてないしこんなところで寝たら体がバキバキになってしまいそうだったけど、まあ、今日くらいはいいよね。

薄れていく意識の隙間《すきま》。

JELEE《ジェリー》チャンネルの動画欄に私たちの二つ目の楽曲、『月の温度』のＭＶが加わるのを見ながら、私はこんなことを思っていた。

なんだかこの瞬間に初めて——JELEEがJELEEになれたような気がするな、なんて。

ののたんが……いっぱい……。

……ののたんの……統べる国……。

……はっ。

私が幸せな夢から目を覚ますと、そこはいつもと違う景色。そうだ、私はいまののたんの家にいて、みんなと徹夜して動画を作ったんでした。

どうやら四人の中で最初に目を覚ましたのは私みたいで、ののたんもほかの二人もぐっすりと眠っています。

「ん……？　──えっ⁉」

私はＤＴＭは完全に理解しましたが、ＸとかＳＮＳのことはよくわかりません。けど、ここの数字が伸びるとすごいんだとキウイさんが言っていたことは、覚えていました。

「……みなさん！　あーるぴーが！　あーるぴーが！」

私は体を揺すって、三人を起こします。ののたんはお姫様だから普通に起こすのではなくキスが必要かと思いましたが、そんなことをしたら今度は私がおかしくなって意識がなくなってしまうので、普通に起こすことにしました。

「……ぅん？」

眠そうに目を擦《こす》りながら起きてくる三人に、私はタブレットの画面を見せます。

「こ、これ！」

「……えーと？」

そして三人はそれを見て、目を見開きました。

「「「えええええぇぇぇ⁉」」」

その画面の中では、私たちが告知した投稿のあーるぴーが、八〇〇〇を超えています。

三人は声を揃《そろ》えて、こう叫びました。

「「「なんかバズってるー!?」」」

あとがき

　この度は『小説　夜のクラゲは泳げない』第一巻をお読みいただきありがとうございます。原作となるアニメのシリーズ構成・脚本を担当し、本ノベライズの執筆も担当しております屋《や》久《く》ユウキと申します。

　さて、本小説はアニメが始まって一か月半後の五月二十日に発売ということで、順序としてはアニメを見たあとにこちらをお読みいただいている方が多いかと思いますが、お楽しみいただけたでしょうか。あの美麗な映像と演出、魂のこもった演技でできたアニメーションを文章だけで表現するとなると、非常に難しい部分もあったのですが、持てる力を尽くしたので、あの一流の映像に引けを取らないものが書けていればいいなと思っております。

　四章までの内容ですと、特に一章と二章はアニメ本編と違うシーンが見られて驚いた方も多いのではないでしょうか。アニメというものは基本、脚本を書き上げて決定稿にしたあと、それをもとにコンテを作っていくのですが、ヨルクラの場合、竹下《たけした》監督が担当する回は脚本をさらに映像としてよいものにしようと、コンテ段階で大きく変更を加えていただくことが多かったので、今回のノベライズは『映像に特化したコンテ』になる前の、『脚本の最終稿』に近い内容になっています。

そして実はこのあとがきは三か月連続刊行のなかかなりギリギリで書いているので、そうしたアニメと小説の違いなど、説明しやすい制作裏話を解説する場所にしようかなと思っていますので、お付き合いいただけますと幸いです。

一章で最も驚かれた相違点はやはり、花音《かの》がギターを持っていないことではないでしょうか。脚本ではもともと本小説のようにマイクを奪い、歌で塗りつぶすところからライブシーンが始まっていたので、「ちゃんと見てろよ、ヨルー！」という叫びはアニメの映像用に監督が加えていただいたセリフということになります。ちょっと驚きですかね？　その後のまひるの髪の毛の動きなど、とても映像として映えていましたよね。

ちなみにギターを持たせるという変更は単純に、ギターがあったほうが画として保《も》ちやすいし、演技の幅もつけやすいし今後も映像的に便利、というお話だったので、まさに映像を作る人ならではのアイデアで、刺激的な視点でした。

また、ライブシーンが始まってからの流れの印象も大きく違っていたかもしれません。アニメでは花音の演奏をメインで映しながら、二人の運命が感じられる回想で展開していきましたが、脚本ではまひるの『置いてけぼりになってしまう』という感情線の上下を重視していました。本小説と同じように、歌う花音からぽつんと取り残されるまひるを描き、チエピ、キウイ、そしてまひる自身のセリフを回想しながら、観客に押しのけられて後ろに追いやられてしまう。そして「CDとか出たら買うね、絶対」という自分の言葉の回想に「違う。――本当は」

とモノローグを入れたあと、それを反転させるように花音《かの》の「――私、ヨルのクラゲの前で歌いたいな」がフラッシュバックする、という構成になっていました。

これも同様に、心情を追ってセリフをつなげるのか、映像としてテンポよく気持ちいいものにしてからセリフにつなげるのか、という媒体の違いによる相違点が大きく出た場面だと思っていて、特にライブシーンとなるとアニメでは音楽と映像のシンクロなども重要になってきます。なので演出か心情か、アニメと小説両方で楽しむ意味が大いにあるシーンになっていたのではないでしょうか。

その他、小説にあった印象的なセリフがいくつかカットされていると感じたかもしれませんが、こちらの多くは尺の問題や、映像的なテンポを重視したものになっています。セリフ自体はよくても尺に入らない、もしくは重ねすぎるとダラダラしてしまう、というのは映像によくあることなので、このあたりは監督の『いいアイデアももったいないと思わずに切る』という鋭い直感が表れていたと思います。その結果、テンポの良い映像になっていたのではないでしょうか。

また、丸ごとアイデアが変わっているという意味では、花音がめいのことを木村《きむら》ちゃんだと思い出すキッカケも、アニメと違って驚いたかもしれません。アニメはこぼれた温玉、小説では待ち受け画面を見てまひるが画像加工して思い出しますが、実は脚本では『温玉を見たまひるがめいの待ち受けの写真を思い出し、学生証の写真を加工してみる』という流れになっていました。けれどちょっと段取りが多いよねという話になり、アニメでは温玉のみを残していただいた、というわけです。温玉（などこぼれた食べ物）を見て木村ちゃんを思い出すというのは監督のアイデアなのですが、あの画的なアイデアはアニメならではのもので、小説だと説得力に欠けるかもしれないと思い、小説ではアニメとは別のほうを残しています。これもまた、映像と文字媒体の違い、というところになるでしょう。

とりとめもなく解説をしてしまいましたが、こうして映像と小説の違いを考えることが、少しでも作品をより深く楽しむための補助線になっていれば幸いです。

……友崎《ともざき》くんから読んでくれてるみんな、フェチ語りはしないぞ。ここでは綺麗《きれい》な屋久《やく》ユウキを見せなくてならないんだ。

ということで、それでは謝辞です。

本書を出版するにあたり尽力いただいた担当の林田《はやしだ》さん、ガガガ文庫の皆さま、カバーを担当いただいたpopman3580さん、モノクロイラストを担当いただいた谷口《たにぐち》淳一郎《じゅんいちろう》さん。印刷所や書店・販路に関わっていただいた皆さん、動画工房、キングレコードのヨルクラ担当の皆さん。誠にありがとうございました。

そして、読者の皆さん、アニメを見てくださる視聴者の皆さん。ありがとうございます。

また次巻もお付き合いいただければ幸いです。

屋久ユウキ

全コミカライズ!
私《わたし》占《うらな》いは信《しん》じてない…でも
この出会《であ》いって運命《うんめい》だよ
夜のクラゲは泳げない
JELLYFISH CAN'T SWIM IN THE NIGHT
コミカライズ版好評発売中!!
ヨル!!
ちゃんと見《み》てろよ!!!
ドクンッ
講談社漫画アプリ「マガポケ」にて
冒頭話はこちらから!
毎週日曜日更新中!

アニメ本編を完
まひると
花音の出会い、
めいやキウイのドラマを漫画でも！
私は気に入ってるんだけどな…
駐輪禁止
禁止
——私はサンフラワードールズの橘ののか のファンです
推しごとをしに来ました
んッー！
ガばっ
あは
面白《おもしろ》そうじゃん
カチャ
カチャ
カチャ
JELEE
藤居にこ
1
夜のクラゲは泳げない
JELLYFISH CAN'T SWIM IN THE NIGHT
原作 JELEE 漫画 藤居にこ
(@NikoFujii25)

GAGAGAGAGAGAGAGAGAGA

弱キャラ友崎くん Lv.1

著／屋《や》久《く》ユウキ

イラスト／フライ
定価：本体 630 円＋税

人生はクソゲー。俺はこの言葉を信条に生きている……はずだった。
生まれついての強キャラ、学園のパーフェクトヒロイン・日南葵と会うまでは！
リアル弱キャラが挑む人生攻略論ただし美少女指南つき！

変人のサラダボウル

著／平坂《ひらさか》 読《よみ》

イラスト／カントク
定価 682 円（税込）

探偵、鏑矢惣助が出逢ったのは、異世界の皇女サラだった。

前向きにたくましく生きる異世界人の姿は、この地に住む変人達にも影響を与えていき——。

『妹さえいればいい。』のコンビが放つ、天下無双の群像喜劇！

単行本

SSSS.GRIDMAN NOVELIZATIONS Vol.1

～もう一人の神～

著／水沢《みずさわ》 夢《ゆめ》

イラスト／bun150《ブン》　原作／SSSS.GRIDMAN《グリッドマン》

定価：本体 1,350 円＋税

ある日、突如として変化した世界。そして、未知の怪獣が出現。
グリッドマンのもう一つの戦いが始まる！　話題沸騰の大人気ＴＶアニメ
『SSSS.GRIDMAN』が、完全オリジナルストーリーでついに小説化！

GAGAGA
ガガガ文庫

小説 夜のクラゲは泳げない1

屋久ユウキ
原作：JELEE

発行　2024年5月25日　初版第1刷発行

発行人　鳥光 裕

編集人　星野博規

編集　林田玲奈

発行所　株式会社小学館
〒101-8001 東京都千代田区一ツ橋2-3-1
［編集］03-3230-9343　［販売］03-5281-3556

カバー印刷　株式会社美松堂

印刷・製本　図書印刷株式会社

Printed in Japan　ISBN978-4-09-453191-6

第19回小学館ライトノベル大賞 応募要項!!!!!!!!!!!!!!!!!!!!!!!!!!!!

ゲスト審査員は田口智久氏!!!!!!!!!!!!

（アニメーション監督、脚本家。映画『夏へのトンネル、さよならの出口』監督）

大賞：200万円＆デビュー確約

ガガガ賞：100万円＆デビュー確約

優秀賞：50万円＆デビュー確約

審査員特別賞：50万円＆デビュー確約

スーパーヒーローコミックス原作賞：30万円＆コミック化確約
（てれびくん編集部主催）

第一次審査通過者全員に、評価シート＆寸評をお送りします

内容 ビジュアルが付くことを意識した、エンターテインメント小説であること。ファンタジー、ミステリー、恋愛、ＳＦなどジャンルは不問。商業的に未発表作品であること。
（同人誌や営利目的でない個人のWEB上での作品掲載は可。その場合は同人誌名またはサイト名を明記のこと）

選考 ガガガ文庫編集部＋ゲスト審査員 田口智久
（スーパーヒーローコミックス原作賞はてれびくん編集部による選考）

資格 プロ・アマ・年齢不問

原稿枚数 ワープロ原稿の規定書式【１枚に42字×34行、縦書き】で、70～150枚。

締め切り 2024年9月末日 ※日付変更までにアップロード完了。

発表 2025年3月刊『ガ報』、及びガガガ文庫公式WEBサイト GAGAGA WIREにて

応募方法 ガガガ文庫公式WEBサイト GAGAGA WIREの小学館ライトノベル大賞ページから専用の作品投稿フォームにアクセス、必要情報を入力の上、ご応募ください。

※データ形式は、テキスト（txt）、ワード（doc、docx）のみとなります。
※同一回の応募において、改稿版を含め同じ作品は一度しか投稿できません。よく推敲の上、アップロードください。
※締切り直前はサーバーが混み合う可能性があります。余裕をもった投稿をお願いします。

注意 ○応募作品は返却致しません。○選考に関するお問い合わせには応じられません。○二重投稿作品はいっさい受け付けません。○受賞作品の出版権及び映像化、コミック化、ゲーム化などの二次使用権はすべて小学館に帰属します。別途、規定の印税をお支払いいたします。○応募された方の個人情報は、本大賞以外の目的に利用することはありません。